MW00653674

목소리로

안녕은

작은

さよならは小さい声で

안녕은 작은 목소리로

초판 1쇄 인쇄　2018년 9월 14일
초판 1쇄 발행　2018년 9월 21일

지은이　　　마쓰우라 야타로
옮긴이　　　신혜정

펴낸이　　　윤동희

편집　　　　김민채, 황유정
디자인　　　김승은
제작처　　　성광인쇄(인쇄)
　　　　　　한승지류유통(종이)

펴낸곳　　　(주)북노마드
출판등록　　2011년 12월 28일
　　　　　　제406-2011-000152호

주소　　　　08012 서울특별시 양천구
　　　　　　목동서로 280 1층 102호
전화　　　　02-322-2905
팩스　　　　02-326-2905
전자우편　　booknomad@naver.com
인스타그램　@booknomadbooks

ISBN　979-11-86561-51-5 (03830)

이 도서의 국립중앙도서관
출판예정도서목록(CIP)은
서지정보유통지원시스템홈페이지
(http://seoji.nl.go.kr)와
국가자료공동목록시스템
(http://www.nl.go.kr/kolisnet)에서
이용하실 수 있습니다.
(CIP 제어번호: CIP2018028769)

www.booknomad.co.kr

안녕은 작은 목소리로

아름다운 행동과 생활, 일의 자세를
가르쳐준 멋진 사람

마쓰우라 야타로 지음
신혜정 옮김

북노마드

차
례

들어가며

1부. 멋진 그 사람
아름다운 행동과 생활, 일의 자세

2부. 마음 어딘가의 풍경

마음에 간직된 사랑의 추억

들어가며

열여덟 살 때 처음으로 연애편지를 썼다.

이름도 나이도 모르는 첫눈에 반한 여성에게 보낸
편지였다.

그때 나는 미국 서해안을 정처 없이 여행하던 끝에
다다른 샌프란시스코에서 싸구려 호텔에 묵고 있었다.
하룻밤에 16달러라는 저렴한 가격에 매일 아침 식사도
내주는 방이었다.

식사라고는 하지만 아침 여덟 시면 종이 상자에
아무렇게나 담긴 도넛이 로비에 놓여 있을 뿐이었다.
그날그날 종류가 달랐던 도넛은 호텔 주인이 운영하는
도넛 가게에서 전날 팔고 남은 것임을 조금 나중에서야
알았다. 커피는 호텔 로비에서 셀프서비스로 24시간
마실 수 있었다. 그런 아침밥이라도 나에게는
각별한 즐거움이 되어주었다. 아침 식사 시간이 되면
같은 지붕 아래에 사는 주민들과 얼굴을 마주할 수
있기 때문이었다. 그 호텔에는 여행자라기보다
월 단위로 방을 빌려 머무는 사람들이 많았다.

매일 아침, 조식이 나오기 전에 나는 가장 먼저
로비에 내려와 그들을 기다렸다. 미국 노인 두 명,
멕시코 40대 커플 한 쌍, 젊은 중국 남자 두 명,

싱가포르 여자 한 명, 암스테르담에서 온 여성 2인조, 시애틀에서 온 여성 배낭여행자, 그리고 나. 20명 정도가 아침마다 간소한 식사를 하기 위해 로비에 모였다.

아침 시간 로비는 무척 떠들썩했다. 조간신문, 자리, 커피, 도넛, 주크박스 선곡 등 모든 것이 선착순 쟁탈전이었다. 예의 차리느라 느긋이 있다가는 앉을 자리도, 자기 몫의 도넛도 순식간에 사라져버렸다. 그렇게 매일 아침이 난장판이었다.

대개 앞으로 몇 분이면 모조리 바닥나겠다 싶은 아슬아슬한 시간에 늘 로비로 뛰어 들어오는 사람은 배낭여행 중인 여성이었다. 그녀는 한 손에 도넛을 들고 어김없이 한 사람 한 사람에게 아침 인사를 했다. 대답하지 않는 사람이나, 그녀에게는 신경도 쓰지 않고 조간신문을 읽느라 열중하는 사람에게도 "안녕"이라고 인사를 건넸다. 그러니 당연히 영어를 못하는 나에게도 "안녕" 하고 말을 걸어주었다. 그것이 너무나 기뻤다. 나도 그녀에게 "안녕"이라고 답했다. 아침에 보는 그녀의 웃음 띤 얼굴은 근사했다. 다소곳한 애교가 있으면서도 어딘가 당당한 품위가 감도는 사람이었다. 나는 그녀에게 첫눈에 반했다.

그녀에게 마음을 전하고 싶어서 태어나서 처음으로
연애편지를 썼다. 게다가 서투른 영어 편지였다. 편지를
쓰는 데 이틀이 걸렸다. 영어 사전조차 없던 나는
사랑하는 마음을 전하려고 서점에 서서 사랑 노래
가사를 읽고, 그렇게 기억한 단어나 구절을 써먹었다.
좋아하게 된 사람을 줄곧 생각하며 꼬박 이틀 동안
편지를 썼다. 잘 보이려 애쓰거나 능숙하게 쓰려고
작정해서 머리를 굴려 쓴 문장은 아무래도 나답지
않게 느껴져서 편지를 쓰다가 몇 번이고 손으로
뭉쳐서 버렸다. 그리고 깨달은 바는 서툴러도 좋으니까
솔직하게 마음을 담아서 써야 자기다운 문장이
나온다는 것이었다.

　　일의 결말을 밝히자면 깨끗이 차이고 말았지만
다음 날 아침에 그녀가 해준 말이 잊히지 않는다.
"이렇게 멋진 편지를 받은 건 처음이야. 네 마음, 정말
고마워. 이 편지는 언제까지나 소중히 간직할게."
며칠 뒤 그녀는 아침 식사 시간 전에 호텔을 떠났다.

　　이렇게 글을 쓰거나 일을 위한 원고를 쓰다가
문득 손을 놓고 멍하니 있을 때면 언제나 그때 그 일이
생각난다. 머리가 아니라 마음을 쏟아 난생처음으로

썼던 연애편지다. 지금 생각하면 그것은 나에게
문장을 쓰는 행위의 원체험이었는지도 모른다.

당신 한 사람을, 누군가 한 사람을 생각하며
글을 쓴다. 내가 쓰는 글 전부가 당신 한 사람에게,
누군가 한 사람에게 보내는 연애편지였으면 한다.
줄곧 그런 기분으로 나는 오늘도 책상 앞에 앉아
문장을 써 내려간다.

이 책에 실은 어느 글이 당신에게 보내는
연애편지가 될 수 있다면 나는 기쁘겠다. 정말로.

마쓰우라 야타로

1
부

멋진
그
사람

아름다운 행동과 생활,
일의 자세

'멋진'　　그

　　　사람

지인 중에 화가인 여성이 있다.

그녀는 나보다 열두 살이 많다. 일반적으로
아주머니라는 소리를 들어도 이상하지 않은 나이다.
하지만 그녀를 아주머니라고 부르는 사람은 없다.
애써 나이보다 젊게 꾸며서가 아니다. 한마디로
표현하자면 '멋있기' 때문이다.

어느 날 그녀에게 물어보았다. "늘 활기차고
멋이 있어요. 생활하며 뭔가 의식하는 부분이 있나요?"
마침 그즈음 '나이 든 얼굴의 젊음을 되찾기 위한
대책'을 대서특필한 여성지 표지를 보아서인지
그런 말이 나왔다.

그녀는 이렇게 답했다.

"나 역시 오십 넘은 아주머니지요. 그건 피할 수
없어요. 그 사실을 받아들이는 것이 중요해요."

그렇게 말하고 그녀는 자기 손가락을 보았다.

"이를테면 얼굴은 화장으로 감춘다 해도 손이나
손가락의 노화는 어쩔 수 없지요. 그런 자신을
인정하는 거예요."

'멋진' 그 사람

그렇군. 늙는다는 것은 어떻게 해도 멈추거나
감출 수 없다. 그렇다면 일단 늙어가는 자신을
받아들여야 한다.

"아무리 피하려 해도 절대 피할 수 없는 것이 있어요."

결국 늙어가는 자신을 받아들이고 감당할 수밖에
없다. 늙어감을 감당하지 못하는 사람은 젊게 꾸미거나
화장으로 감추거나 건강 보조 식품에 의지하거나 하는
갖가지 무리수를 둔다. 그것이 오히려 늙음을
두드러지게 한다.

"피할 수 없는 일은 많잖아요. 그래도 인간은 신기한
존재라서 피하지 못한다면 견뎌내게 돼요. 그러니까
도망칠 필요는 없어요. 달아나면 달아날수록 뒤쫓아
오는 것도 사실이니까요."

그렇게 말하고 그녀는 천진난만하게 웃었다.

노화를 멈출 수 없다는 사실은 누구나 알고 있다.
하지만 그것은 육체적 노화일 뿐 정신은 그렇지 않다.
육체는 늙더라도 나이를 먹을수록 오히려 정신이
젊어지는 반전은 누구에게나 가능하지 않을까? 정신,
곧 마음이란 영원히 젊음을 간직하는 것이 아닐까?

나이를 먹을수록 더 젊어지는 사람은 많다.
그런 사람은 여러 가지를 경험하고 많은 것을 배워
'자기다움'이라는 자유를 손에 넣는다. 어린아이처럼
천진난만하고 더욱 새로운 것을 배우고 싶다는
호기심으로 가득하다.

살아간다는 것은 계속 배워나가는 과정이라고
나는 생각한다. 배우는 데 필요한 것은 아무래도
순수한 마음이다. 그렇게 생각하면 순수함이야말로
젊음의 비결이 아닐까?

육체는 늙더라도 마음이 젊으면 눈이 맑고 반짝반짝
빛난다. 눈빛은 노화를 측정하는 지표이기도 하다.
젊더라도 눈이 흐리멍덩해서 뿌연 유리 같은 사람은
마음이 빨리 늙어버린다. 그런 사람은 무엇이든
의심하고, 남의 의견을 듣지 않으며, 모든 문제를 타인의
탓으로 돌리고 자신과 마주하려 하지 않는다. 무엇이든
다 안다고 생각한다. 이렇게 늙어버린 마음은 딱딱하게
굳는다. 모르는 사이에 마음이 늙어버리는 사람도
적지 않다.

마음의 젊음을 측정하는 방법은 또 있다. 그 사람의
꿈을 물어보는 것이다. "당신의 꿈은 무엇입니까?".
그 물음에 빛나는 눈으로 자기 꿈을 이야기할 수 있는가?
일단은 스스로에게 물어보자. "꿈이 있습니까?"라고.

늙은 자신을 받아들이려면 매일 거울로 자기
얼굴과 모습을 잘 보는 것도 중요하다. 흰머리가 있고
주름도 있다. 기미도 있다. 꺼칠꺼칠한 피부. 체형도
날씬하지 않다. 전체적으로 처졌다. 하지만 그것이
지금의 자신이다. 나는 눈길을 돌리지 않고 잘 살펴본다.
누가 보아도 40대다. 그러면 눈빛은 어떤가?
반짝반짝 빛나고 있는가? 순수함이 눈에 드러나는가?
생기 있는가? 눈을 보는 것은 자기 마음을 들여다보는
것이다.

늙어갈수록 자기다움에 가까워진다면 좋겠다.
나다움을 손에 넣는다면 마음은 다시 젊어질 수 있다.
화가인 지인을 보면서 나는 진심으로 그렇게 생각했다.
그녀를 만날 때마다 그런 생각을 한다. 그렇게 해서
다른 사람에게 좋은 자극을 주는 것도 마음의 젊음이

갖는 힘일 것이다.

그녀에게 물어보았다. "……꿈이 있습니까?" 그러자
"너무 많아서 무엇부터 말해야 좋을지 모르겠어요!"라는
기운찬 답변이 돌아왔다. "내 꿈은……"이라고 그녀가
말하기 시작했다. 꿈을 이야기하는 그녀의 눈은
소녀처럼 빛났다.

늙는다는 공포는 누구나 안고 살아가는 심리이지만
어디까지나 육체의 노화에 대한 것이다. 마음도 늙는다는
법은 없다. 어차피 육체의 늙음은 피할 수 없다. 그렇다면
눈을 돌리지 않고 제대로 받아들이자. 그렇게 하면
마음이 쓱 편안해진다. 대신 마음의 젊음을 유지하자.
순수한 마음으로 많은 것을 배운다. 무엇이든 정열적으로
대하면 좋다. 바라는 만큼 열중하면 된다.

화가인 지인은 큰 병치레를 두 차례, 이혼을 두 번
경험했다. 일 관계로 일본과 외국을 오가며 바쁘게
지낸다. 풍파를 겪었지만 마음은 남보다 갑절로 젊다.

'멋진' 사람이다.

　그녀는 내 등을 팡 치면서 말했다. "나이 먹는 건 좋은 거예요."

늙는다는 공포는 어디까지나
육체의 노화에 대한 것이다.
마음도 늙는다는 법은 없다.
어차피 늙음은 피할 수 없다.
그렇다면 눈을 돌리지 않고
제대로 받아들이자.
그렇게 하면 마음이 쓱 편안해진다.
대신 마음의 젊음을 유지하자.
순수한 마음으로 많은 것을 배운다.
무엇이든 정열적으로 대하면 좋다.
바라는 만큼 열중하면 된다.

아무것도 아닌   생활의
            아름다움

올해 들어서 달리기를 시작했다. 집에서 3킬로미터쯤
떨어진 공원까지 달려가 공원에서 스트레칭을 하고
돌아올 때는 같은 길을 걸어서 집으로 온다. 이렇게
대략 한 시간, 매일 아침 습관이 되었다.

상쾌한 아침 공기 속을 달리면 정말로 기분이 좋다.
땀을 흘리고 나서 느긋하게 걷는 것도 즐겁다.
주택가에서 집마다 뜰에 자라는 화초를 관찰하거나,
길을 걷는 순간 자신의 마음과 마주하거나, 고민과
걱정거리에 관해 머리를 굴려보는 등 단지 몇 십 분
걸을 뿐이지만 머릿속에서 헝클어진 실이 스르륵
풀리듯이 상쾌한 기분을 얻을 수 있다. 아침 식사도
더 맛있게 먹을 수 있으니 온통 좋은 점뿐이다.

걷다보면 반드시 얼굴을 마주치는 사람이 있다.
여든 살쯤으로 보이는 백발이 고운 부인은 매일 아침
같은 시각에 작은 몰티즈를 데리고 산책을 나선다.
무엇이 계기였는지는 잊었지만 아침마다 얼굴을
마주쳐서인지 부인이 먼저 "안녕하세요"라고 말을 걸어
나도 "안녕하세요"라고 답하게 되었다. 늘 고상한
옷차림에 부드러운 미소를 띤 얼굴이 멋진 분으로

아무것도 아닌 생활의 아름다움

함께 다니는 몰티즈 이름은 '타로 씨'라고 한다.

통근할 때 이용하는 지하철역 앞에 자주 가는
빵집이 있다. 카페 공간도 있어서 일을 빨리 마칠 때면
그곳에서 커피를 마시고 돌아오곤 한다. 어느 날,
여느 때처럼 커피를 마시고 있는데 아침마다 만나는
백발의 부인이 조금 떨어진 자리에 앉아 있음을
알아차렸다. 부인도 나를 알아보았는지 생긋 웃으며
인사를 건넸다. 나도 인사를 보냈다. 아무 생각 없이
커피를 마시고 있자니 부인이 옆자리로 옮겨와
물었다. "여기 앉아도 괜찮을까요?" "물론입니다.
그렇게 하세요"라고 하자 "오늘은 두 번 만나네요"라고
말했다. "네, 타로 씨는?"이라고 내가 묻자 "집에서
집 보기"라고 답하는 부인의 얼굴에 미소가 번졌다.

부인은 가방에서 책 한 권을 꺼내 탁자에 가만히
놓았다.
"여기에서 책을 읽는 걸 아주 좋아해요. 사람이
많잖아요. 많은 사람들 속에 있으면 왠지 안심되고

차분해져요. 책 좋아해요?"

"네, 좋아합니다. 저도 이런 가게에서 책 읽기를
좋아합니다. 혼자 조용히 집에서 읽는 것보다 사람들이
있는 곳에서 읽는 게 마음 편하고 좋아요."

그렇게 말하자 "그렇죠. 집에서 책을 읽다보면
조금 쓸쓸해져요." 부인은 탁자에 놓았던 책을 손에
들고 어루만지다 가슴에 품었다. "무슨 책을 읽고
계시나요?"라고 묻자 "이 책, 읽어보셨으려나……" 하며
책을 나에게 보여주었다.

『대초원의 작은 집Little House on the Prairie』이었다.
"어린 시절부터 쭉 읽고 있어요. 아주 좋아해요, 이 책을."
책은 상당히 오래된 문고판인데 소중히 읽히고 있음을
짐작할 만큼 깨끗한 상태였다.
『대초원의 작은 집』은 나도 조금 읽은 적이 있지만
틀림없이 초등학교 시절이었으리라 생각한다. 부인의
책을 보고 있으니 무척 그리운 기분이 들고, 책 한 권이
오랫동안 한 사람에게 사랑받는 것이 기쁘게 느껴졌다.

"나는요, 이 이야기처럼 아무것도 일어나지 않는 평범한 생활이라고 할까, 그런 생활 속에 있는 작은 행복이라든지 소소한 기쁨이라든지 별것 아닌 즐거움이라든지 그런 것들을 정말 좋아해요. 지금은 뭔가 일어나지 않으면 재미없다고 하는 세상이라 책도 무서운 이야기뿐이잖아요. 그러니까 『대초원의 작은 집』을 읽으면서 '아아, 아무것도 아닌 조용한 생활이란 아름답구나'라고 생각해요. 산에 갔던 아버지가 이리에게 습격당할 뻔했다가 무사히 돌아왔을 때는 가족 모두가 엉엉 울면서 기뻐하는 그런 행복한 이야기지요. 이 얼마나 멋진가요."

부인은 자기가 좋아하는 책을 마치 아주 좋아하는 사람을 소개하는 것처럼 이야기했다.

"미안해요. 아침마다 늘 보는 사이라고 해서 허물없이 말을 걸어버리다니." 부인은 다시 책을 손에 들어 가슴에 품고는 머리를 숙였다. 그리고 "어머, 시간이 이렇게, 타로 씨한테 혼나겠네……. 그럼 또 봐요. 안녕"이라며 집으로 돌아갔다. 부인의 뒷모습은 소녀처럼 귀여웠다.

그날 나는 처음으로 부인과 말을 나누었다. 부인은 타로 씨라는 이름의 몰티즈와 정말 사이좋게 살아가는 듯했다. 그리고 이따금 아주 좋아하는 책『대초원의 작은 집』을 들고 사람이 많은 장소에서 조용히 독서를 즐길 것이다. 그런 별다를 것 없는 부인의 생활에서 마음의 풍요와 아름다움이 살짝 엿보였다. 부러운 마음마저 들었다. 부인이 뭔가 작은 선물을 내게 건네준 느낌이었다.

그런 부인을 만남으로써 내일도 또 모레도 하게 될 아침 달리기가 더욱 즐거운 일이 되었다. 지금 나는 『대초원의 작은 집』을 다시 읽고 있다.

아무것도 아닌 생활의 아름다움

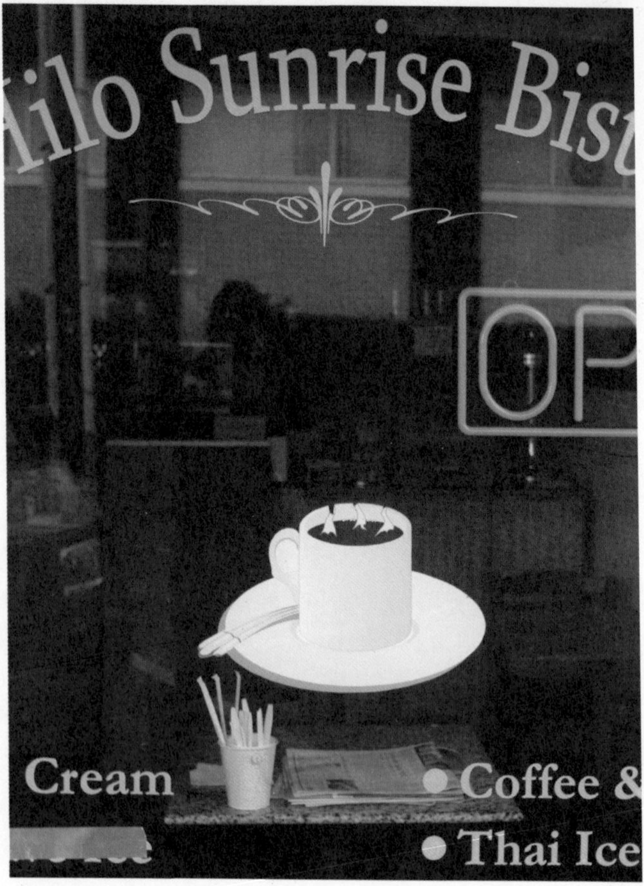
Sunrise
Cream
Coffee &
Thai Ice

상쾌한 아침 공기 속을 달리면
정말로 기분이 좋다.
땀을 흘리고 나서 느긋하게
걷는 것도 즐겁다.
주택가에서 집마다 뜰에 자라는
화초를 관찰하거나,
길을 걷는 순간 자신의 마음과
마주하거나,
고민과 걱정거리에 관해
머리를 굴려보는 등
단지 몇 십 분 걸을 뿐이지만
머릿속에서 헝클어진 실이
스르륵 풀리듯이
상쾌한 기분을 얻을 수 있다.

손을   사랑한다

문득 무심결에 여성의 손을 보고 두근거릴 때가 있다.
뭐랄까…… 그의 일상이랄까, 보아서는 안 되는 사적인
부분을 본 듯한 당황스러운 마음이 든다. 손 때문에
그를 사람으로서 좋아하게 된다. 더 말하자면 신기하게도
문득 보았던 손이 대부분 멋진 손이었다. 아름답기에
사람의 시선을 끌었을 것이다.

　나는 손이 아름다운 사람이 좋다. 아름다운 손이란
일꾼의 손이다. 희고 긴 손가락에 꾸며놓은 손톱을 보고
아름답다는 생각을 하거나 그런 손이 좋아지지는 않는다.
　손은 정직하다. 손을 보면 그 사람이 이제까지
어떻게 일하고 생활해왔는지 알 수 있다. 적어도
그 사람을 신용할 수 있는지 없는지를 언뜻 본 손의
상細으로도 알 것 같다. 그 정도로 손에는 눈에 보이지
않는 무언가가 드러난다.
　일꾼의 손은 피부가 거칠어졌을지도 모른다. 관절이
울퉁불퉁할지도 모른다. 손톱이 상했을지도 모른다.
기미도 있을지 모른다. 하지만 그런 손으로 하루하루
열심히 일하는 사람은 자신의 손을 사랑하고 부지런히

마음을 담아 보살핀다. 피로가 쌓인 손을 마사지하고
핸드크림을 발라 일을 잘할 수 있도록 되살린다.
무엇보다 자기 손을 아주 좋아한다. 하루를 마무리하며
손에 고마워한다.

친구 중에 하루 열 시간 이상 주방에서 일하는
여성이 있다. 그의 손은 늘 거칠고 손 곳곳에 화상 자국이
있다. 여기저기 베인 상처투성이다. 짧게 다듬은 손톱도
물일을 계속하는 탓인지 윤기가 없다. 하지만 그런
일꾼의 손을 무척 좋아하는 그녀는 하루에 몇 번이나
손을 돌보고 애지중지하며 자신의 손에 감사한다.
쉬는 날에는 손에 최대한 안식을 준다. 나는 그녀를
만날 때마다 손을 보게 된다. '아아, 정말로 멋진 손이구나'
생각하며 그녀의 일과 생활 방식을 아름답다고 느낀다.

요즘 손을 쓰는 방식 가운데 마음에 걸리는 것은
컴퓨터 자판을 치는 방식이다. 능숙해서 자판을
보지 않고 치기 때문인지 엄청난 속도로, 두드리듯이
치는 사람이 있다. 옆에서 조용히 일하는 사람에게는

시끄러워 폐가 될 것이다. 키보드의 기분이 되어보라고
이야기한다면 무리겠지만 그런 마음마저 품게 된다.
더 부드럽고 조용히 칠 수는 없을까 생각한다. 그런
타자 소리를 듣고 있으면 어제 뭔가 좋지 않은 일이
있었나 하는 걱정까지 든다. 서두를 일도 아니고
그렇게 세게 두드리다가는 키보드가 부서지겠다고
말해주고 싶다.

　역 개표구에서 IC 카드를 판독 부분에 내던지는
사람도 있다. 이것 또한 손을 쓰는 방식이라는 점에서
할 말이 있다. 상대가 기계니까 난폭해도 상관없다고
생각한다면 큰 잘못이다. 일에서도 생활에서도
자기가 관계하는 것에 대한 최소한의 배려가 있어야
할 텐데……. 그런 배려 없는 태도가 손을 쓰는 방식에
드러나고 만다.

　나는 "가슴에 손을 얹고 물어본다"라는 말을
아주 좋아해서 매일 잠자리에 들기 전에 그렇게 한다.
무심코 타인이나 주변을 속일 수는 있어도 자신에게는
거짓말을 할 수 없다. 무엇이든 손은 잘 알고 있다.

가슴에 손을 얹고 무엇을 생각하는가, 무엇을 느끼는가?
손과 손을 모아보면 더욱 잘 알 수 있다.

　"눈은 입만큼 많은 말을 한다"라는 말이 있다.
하지만 "손은 입만큼 많은 말을 한다"라고도 생각한다.
우선 나의 손을 가족이나 친구처럼 사랑하고 싶다.

손은 정직하다.

손을 보면 그 사람이 이제까지

어떻게 일하고 생활해왔는지 알 수 있다.

적어도 그 사람을 신용할 수 있는지

없는지를 언뜻 본 손의 상으로도 알 것 같다.

그 정도로 손에는 눈에 보이지 않는

무언가가 드러난다.

자신의
단점과

함께한다

"독자는 마쓰우라 씨가 스님처럼 흠잡을 데 없이 살 거라고 생각하겠죠. 하지만 저는 '정말 그럴까' 의심해요." 요전에 지인과 잡담하다가 들은 말이다.

"음…… 책에 쓴 대로 실천하며 사는 것은 무리예요. 그것들을 생활에서 유념하고 소중히 여기고 싶지만 어려운 것도 사실입니다. 물론 되는 것과 안 되는 것이 있어요"라고 답하자 "그 안 되는 것이 뭔지 알고 싶네요"라고 해서 당황스러웠다.

"저의 생활 방식이나 마음가짐에서 올바르게 보이는 부분이 있다면 틀림없이 그만큼 되지 않는 부분도 있을 거예요. 남달리 칭찬받을 게 있다면 야단맞을 것도 있을 겁니다. 다만 제대로 되지 않는 모자란 부분을 다른 사람에게 내보이지 않을 뿐입니다. 뭐, 굳이 보일 필요는 없겠지만요"라고 하자 지인도 수긍하는 눈치였다. "그러네요. 어디에나 균형이 있으니까 좋은 면이 있으면 그렇지 않은 면도 있겠지요. 그래야 건전한 인간이니까요."

자신의 단점과 함께한다

일반적으로 사람은 자신의 장점으로 타인과 소통하고 단점은 감춘다. 하지만 무엇이든 끝내 감춰지지는 않아서 단점의 꼬리가 졸졸 따라오기 마련이다. 대개 그것이 애교나 귀여움으로 받아들여져서 공공연히 드러나지 않을 뿐이다. 그냥 그대로 괜찮은 것이다.

　　그러나 그런 단점을 스스로 알고 있는가, 모르는가는 매우 중요하다. 당연히 아는 것이 바람직하다. 분명히 말하지만 자신의 단점을 모른다는 것은 인생에서 경험 부족을 드러내는 것이다. 누군가에게 호되게 혼나거나 크게 실패해서 그 책임을 짊어지거나 상처 입거나 큰 손해를 보거나, 그런 따끔한 맛을 보았다면 자신의 단점을 인정해야 한다. 자신의 문제점을 반성하고 다시는 같은 일이 일어나지 않도록 마음에 새겨야 한다.

　　그럼에도 대부분의 사람들은 두세 번 실패를 되풀이하고, 자신의 단점을 좀처럼 고치지 못한다. 하지만 그렇게 해서 자기 자신의 단점이 무엇인지를

못 박아 다짐하듯이 스스로 깨닫는다면 인간으로
성장하는 데 크게 도움이 될 것이다.

　　인간의 가치는 장점보다 단점에서 찾을 수 있다고
생각한다. 단점이 소용돌이치는 방향과 그 소용돌이에
스스로 휘말리는 방식이 인간의 흥미로운 점이고
생명력이라는 에너지원이다. 무엇이 어떻든 간에
그 소용돌이 속에서 능숙하게 헤엄치고 있다면 괜찮다.
단점, 곧 콤플렉스와 자기가 능숙하게 교류하는 방법
말이다. 큰 콤플렉스를 가진 사람일수록 성공한다는
말은 결코 잘못 짚은 이야기가 아니다. 그만큼 소용돌이
속에서 헤엄치기도 능숙할 테니까. 그것을 계기로
자신의 장점을 키워 다시 그 장점을 살려가는 것이다.

　　"저기, 단점을 누구한테 보여주고 있나요?"
지인이 물었다.
　　"보통 일을 하거나 사람과 만날 때는 제대로 된
자신을 유지하고 있어서, 아마 보여준다면 집에
돌아가서겠지요. 잘 생각해보면 근무시간 이외의 나는

단점이 많은 인간이에요. 가족들은 모두 어이없어 하는걸요."

"그 말을 들으니 안심이 되네요. 하긴 집에 돌아가서까지 완벽한 상태로 있다면 언젠가 태엽이 끊어지고 말 거예요. 저도 그래요. 일에서 벗어나면 마음껏 안 되는 사람이어도 좋은 거죠"라며 지인은 미소 지었다.

그래서 생각났는데, 나는 옛날부터 '실패 노트'라는 것을 써서 어느새 열 몇 권을 모았다. 성공하거나 완수한 것은 그다지 흥미가 없고 실패하거나 반성한 것을 그저 닥치는 대로 글로 옮긴다. 실패를 어물쩍 넘어가지 않고 잊으려 하지도 않고 기록하는 것이 재미있다.

지인에게 그 이야기를 건네자 "그 '실패 노트'가 마쓰우라 씨의 비법 전서였군요. 틀림없이!"라며 "'실패 노트'를 책으로 내보면 어때요? 분명히 다들 읽고 싶을 거예요. 꼭 책으로 만들어줘요"라고 덧붙였다.

『마쓰우라 야타로 실패 노트』. 설마 그런 책을

만들 리는 없다. '실패 노트'의 내용은 남에게 보일 수 없기 때문이다. 절대로.

자신의 단점과 함께한다

인간의 가치는
장점보다 단점에서 찾을 수 있다.
단점이 소용돌이치는 방향과
그 소용돌이에 스스로 휘말리는 방식이
인간의 흥미로운 점이고 생명력이라는
에너지원이다.
무엇이 어떻든 간에 그 소용돌이 속에서
능숙하게 헤엄치고 있다면 괜찮다.
단점, 곧 콤플렉스와 자기가 능숙하게
교류하는 방법 말이다.

커뮤니케이션은
편지로

여행지에 잠시 머물 때는 늘 정해진 카페나 델리에서
아침 식사를 한다. 도착하면 곧바로 길을 걸으며
맛있어 보이는 아침 식사를 내놓은 가게를 찾는다.

발견하지 못하면 걷다가 느낌이 좋아서 무심코
눈길이 가는 사람에게 용기를 내어 말을 걸어본다.
"이 근처에서 맛있는 아침밥을 먹을 수 있는 가게를
알려주시겠어요?"

왜 같은 가게에 계속 가느냐 하면 일주일 머물면서
매일 한 곳에 다니면 어지간한 일이 없는 한 아는 사람이
생기기 때문이다. 적어도 가게에서 일하는 사람과는
이야기를 나누게 된다. "당신, 어디에서 왔어요?"라고
이틀째쯤부터 자연스럽게 그쪽에서 말을 걸어온다.
아침마다 "안녕, 오늘은 어때요?"라고 나도 계속 말을
걸면 얼굴은 금방 기억해준다.

입구에서 스쳐 지나가는 사람이든 옆에 앉은
사람이든 아무튼 눈이 마주치면 웃는 얼굴로 인사를
건넨다. 그런 식으로 가게 한 곳에 다니면 알고 싶은
동네의 이모저모를 힘들이지 않고 알 수 있다.

인터넷에서 찾는 것보다 훨씬 손쉽게 재미있는 것들을
알게 된다.

어떤 여행이든 용기를 내어 남에게 뭐라도 말을 걸면
열리는 마법의 문이 있다. 그런 마음으로 지낸다면
평범한 여행도 한 권의 책 같은 이야기가 될 수 있다.

내가 좋아하는 미국의 버클리에서는 맛있기로
유명한 프렌치 스타일 식당을 선택했다. 대개 아침 식사는
혼자 먹는 사람이 많다. 그래서 2인용 탁자의 한편에
앉아 맞은편 빈자리에는 신문이나 잡지, 책, 사람에
따라서는 노트북 컴퓨터를 놓고 눈앞에 있는 메이플
시럽을 듬뿍 얹은 브리오슈 프렌치토스트 등을
한입 가득 물고 각자의 시간을 즐긴다.

이 가게는 그런 손님을 소중히 여겨 "붐비니까
빨리 먹고 돌아가" 같은 말은 한마디도 하지 않고
원하는 만큼 느긋하게 있게 해준다. 그렇게 하면 손님이
먼저 "복작거리니까 저는 빨리 돌아가야겠네요"라고
신경을 써준다.

무엇이든 웃는 얼굴로 해결하는 분위기가 아침

한때를 얼마나 기분 좋게 해주는지 늘 감탄하게 된다.

나는 그 가게에 아침마다 일정하게 여덟 시에 가서 참치 오믈렛과 크루아상과 허브샐러드와 커피를 주문한다. 매일 아침에 같은 음식을 부탁하는 것도 자기를 기억하게 만드는 요령이다. 나흘째 정도에는 "안녕하세요. 어제와 같은 것으로 주세요"라는 말이 통해서 기쁘다. 가게에 들어가자마자 웃는 얼굴로 손을 흔들고 앉아서 기다리기만 하면 정확히 아침 식사가 나오는 것은 일주일이 지나서부터일 것이다. 그렇게 되면 여행의 이야기는 이미 시작되었다.

그 가게에서 매일 아침 얼굴을 마주치는 손님들 가운데 나와 같은 시각에 와서 아침 식사로 팬케이크를 먹는 초로의 여성이 있었다. 이튿날, 그녀는 나와 인사를 나누며 엘리자베스라고 자신을 소개했다. 엘리자베스는 팬케이크를 먹으며 언제나 부지런히 뭔가를 적고 있어서 신경 쓰였다.

어느 날 "아침마다 늘 뭔가 쓰고 있는데 무엇입니까?"라고 묻자 "편지예요"라고 엘리자베스는

작은 목소리로 대답했다. "매일 아침, 친구들에게 편지를
써요. 집에 전화가 없어서"라며 웃었다. 가난해서가
아니라 자기다운 삶의 방식을 관철하려고 소중한
친구들과의 커뮤니케이션은 매일 편지로 한다는 그녀의
마음에 나는 감동했다.

  "당신에게 편지를 받고 싶으면 어떻게 하면
되나요?"라고 묻자 엘리자베스는 말했다. "간단해요.
내게 편지를 써주면 돼요. 전화로도 '여보세요' 하면
이쪽에서도 '여보세요' 하고 응하잖아요. 마찬가지예요."
    그러고는 "내 주소는 여기예요"라며 자기 이름과
주소가 인쇄된 스티커를 붙인 작은 트럼프 한 장을
주었다. "편지를 쓰게 되면 당신 이름 옆에 이 카드
숫자를 적으세요. 음, 이건 하트 7이네요. 그럼 당신이
내 친구라고 확실히 알아볼 수 있으니까." 그렇게 말하고
엘리자베스는 "즐거운 하루 보내요"라고 점원과
지인들에게 말을 건네며 가게를 나섰다.

멋진 그 사람

일본에 돌아가는 날 아침에도 엘리자베스와 마주쳤다.
오늘 돌아간다고 알리자 "내 카드를 잃어버리지
말아요"라며 악수를 청했다. 그녀의 손은 아주 따뜻했다.

일본에 돌아와서 며칠 뒤 나는 엘리자베스에게
편지를 썼다. 일상과 여행의 추억을 두서없이 써 내려갔다.
물론 이름 옆에는 하트 7을 적었다. 2주일쯤 지나서
우편함에 엘리자베스에게서 온 편지가 도착했다.
나를 기억하고 있으며 내가 입었던 파란 셔츠가 아주
좋았으며, 요즘 동네의 모습은 어떻다는 내용의 편지가
파란 잉크로 쓴 작은 글씨로 편지지 세 장에 걸쳐 가득
적혀 있었다. 편지지를 접은 자리에는 그녀가 매일 아침
먹는 팬케이크 가루가 묻어 있었다. 얼마나 흐뭇한
웃음이 절로 나오는지.

아침마다 식당에서 보았던 대로 엘리자베스가
팬케이크를 먹으며 부지런히 편지를 썼다고 생각하니
기쁜 것을 넘어 왠지 가슴이 먹먹했다. 오늘도 내일도
모레도 엘리자베스는 매일 아침 친구들에게 편지를
쓸 것이다. 그리고 날마다 많은 친구들에게 편지를

받을 것이다. 그런 소소하고 훈훈한 꿈같은 생활이
세상에는 정말로 있다. 여행지에서 서둘러 여기저기
다니려고만 하지 않고 하잘것없는 일상에 마음을 열어
조금만 용기를 낸다면 이런 멋진 사람들과 만날 수 있다.

　어제 또 엘리자베스에게서 편지가 왔다. 바로
얼마 전에 그녀는 일흔 살 생일을 맞았다고 한다.
　나는 생일 축하 카드를 보냈다.

아침마다 식당에서 보았던 대로
엘리자베스가 팬케이크를 먹으며
부지런히 편지를 썼다고 생각하니
기쁜 것을 넘어 왠지 가슴이 먹먹했다.
오늘도 내일도 모레도 엘리자베스는
매일 아침 친구들에게 편지를 쓸 것이다.
그리고 날마다 많은 친구들에게
편지를 받을 것이다.
그런 소소하고 훈훈한 꿈같은 생활이
세상에는 정말로 있다.
여행지에서 서둘러 여기저기
다니려고만 하지 않고 하잘것없는 일상에
마음을 열어 조금만 용기를 낸다면
이런 멋진 사람들과 만날 수 있다.

인사의

달인

매일 아침 같은 시각에 버스 정류장에서 만나는 사람이 다섯 명 정도 있다. 아침마다 만난다고는 하지만 인사를 나누지도 않고 버스를 기다리는 4–5분 사이에 말을 나눌 리도 없다.

버스 정류장이 같으니까 근처에 살고 있음은 틀림없지만 이름도, 어느 집에 사는지도 모른다. 굳이 말한다면 버스에 탈 때 '오늘은 모두 모였구나' 또는 '그 사람이 없네'라고 생각하는 정도다. 어쨌거나 마음에 둘 만한 일은 아니다. 하지만 이따금 생각하는데 여기가 미국이었다면 분명히 조금이라도 소통할 것이다. 적어도 "안녕하세요"나 "오늘 어때요?" 정도. 일본에서도 지방이라면 또 다르다고 생각한다. 눈인사쯤은 할 것이다.

어느 맑은 날 아침 버스 정류장에 가니 언제나처럼 같은 다섯 명이 버스를 기다리고 있었다. 처음 보는 얼굴의 여성이 잔달음질로 뛰어와 줄을 섰다. 30대 초반으로 보이는 그녀는 앞머리를 반듯하게 일직선으로 자른 단발머리에 뒷머리를 쳐올려 만화〈사자에상

サザエさん〉일본의 만화가 하세가와 마치코長谷川町子의 만화 및 동명의 애니메이션 작품. 주인공 '후구타 사자에フグ田リザエ'의 이름에서 제목이 지어졌다. 1969년 후지TV를 통해 방송된 초장수 작품으로 드라마로도 만들어졌다.에 나오는 둘째 딸 초등학생 와카메짱 그 자체였다.

"안녕하세요. 저는 다나카라고 합니다. 얼마 전에 이사 왔어요. 잘 부탁드립니다."

갑자기 그녀는 버스 정류장에 서 있던 모든 사람들을 향해 인사를 했다. 그리고 얼굴을 살짝 붉히며 생글생글 미소 지었다.

"처음 뵙겠습니다. 마쓰우라입니다. 저쪽에 보이는 녹색 지붕 집에 살고 있습니다. 잘 부탁합니다."

우리 집을 가리키며 나는 이렇게 답했다. 이 기회를 기다렸다는 듯이 자기소개를 하는 내가 우습기도 했다. 틀림없이 마음 어딘가에서 언젠가 이런 식으로 버스 정류장에서 만나는 사람들에게 나를 알리고 싶었나 보다.

그러자 재미있게도 잇달아 전원이 자기소개를

멋진 그 사람

시작했다. 한 여성이 수줍어하면서 이렇게 말했다.
"매일 아침 만나면서 처음 뵙겠습니다, 이러기도
뭐하지만……" 확실히 그 말대로다. 그러나 이 묘한 일을
계기로 각자 이름을 알게 되어 지금까지 한 마디도
말을 나누지 않았다는 사실이 거짓말인 것처럼
화기애애한 분위기에 휩싸였다. 그날 전원이 모여서
다행이라고 생각했다.

다음 날 아침 버스 정류장에 가니 벌써 세 사람이
서 있었다. 그녀도 있었다. "오, 와카메짱 있구나."
와카메짱이라고 멋대로 별명을 붙인 내가 중얼거렸다.
세 사람은 즐거운 듯이 이야기를 나누고 있었다.
다가가서 인사하자 모두가 인사로 답해주었다.
단 하루 사이 있었던 일로 이렇게 바뀌나 싶어 놀랐다.
이 동네로 이사해온 와카메짱 덕분이다.
어느 날 아침 버스 정류장에서 와카메짱과 둘만
있을 때 말했다. "다나카 씨 덕분에 버스 정류장에서
만나는 사람들과 알고 지내서 좋습니다. 지금까지는
아침마다 얼굴을 마주치면서도 이야기한 적이

인사의 달인

없었거든요.""그랬군요. 저는 시골에서 자라서 사람과
얼굴을 맞대면 잠자코 있기가 힘들어요. 가끔 시끄럽다는
소리를 들을 정도예요. 그래도 마쓰우라 씨가 그렇게
말해주시니 무척 기뻐요. 감사합니다"라고 그녀는
답했다. 와카메쨩의 앞머리 일직선이 너무나 반듯해서
나는 말하면서도 눈을 뗄 수 없었다.

　　10분쯤 기다리면 버스가 정류장에 도착한다.
우리는 버스에 타기까지는 말을 나누지만 버스에
올라탈 때 "그럼 다음에 또"라는 짧은 인사를 건네고
버스 안에서는 각자 혼자로 돌아간다. 그것도 그녀가
앞장서서 먼저 행동했기 때문에 그렇게 되었다.
그런 그녀의 예의와 배려에 깊이 감탄했다.
　　집에 돌아갈 때 버스 정류장에서 그녀를 만난 적이
있다. 그녀는 남자친구인 듯한 사람과 서서 즐겁게
이야기하고 있었다. 남자친구는 외국인이었다.
무슨 이야기를 하는지는 똑똑히 들리지 않았지만
말투에서 그녀가 구사하는 영어가 상당히 원어민에
가까움을 알 수 있었다.

지나는 길에 눈인사하자 그녀는 나를 알아차리고 "안녕하세요" 인사했다. 그러고는 남자친구에게 "이분은 근처에 사는 마쓰우라 씨예요"라고 나를 소개했다. 남자친구는 손을 내밀어 악수를 청하며 "처음 뵙겠습니다"라고 영어로 상냥하게 인사했다. 와카메짱이 사람 사이에 서서 양쪽을 소개하는 방식이 너무나 세련되어 나는 머리가 수그러졌다. 그러면서도 분위기를 부드럽게 만드는 태도가 그녀에게는 있었다.

사람과 사람이 유대를 맺는 목적은 자기들의 안전을 위해서이다. 내가 결코 해를 입히는 존재가 아님을 알리려고 자기를 소개하고 동시에 상대에 대해서도 알아본다. 늘 인사를 나누고 서로 아는 사이가 되면 안심한다. '인사는 자신을 지키는 갑옷'이라는 교훈이 있는데 바로 그대로이다.

안심이 되었다면 인사를 한다. 타인이 자기를 받아들이게 하고 싶다면 먼저 인사를 한다. 인사는 다른 사람에 대한 배려이기도 하다. 배려를 전하기

인사의 달인

위해서는 마음으로부터 말을 건넨다. 배려는 감사에서 생겨나고, 감사는 존경에서 생겨난다. 무엇보다 중요한 점은 언제 어느 때라도 타인을 존경하는 마음을 잃지 않는 것이다.

나는 와카메짱 덕분에 잊고 있었던 소중한 것을 떠올릴 수 있었다. 이제는 아침 버스 정류장에 예닐곱 사람이 모여 있으면 진심으로 기쁜 마음이 든다. 인사할 수 있기 때문이다. 와카메짱 고마워요.

안심이 되었다면 인사를 한다.
타인이 자기를 받아들이게
하고 싶다면 먼저 인사를 한다.
인사는 다른 사람에 대한
배려이기도 하다.
배려를 전하기 위해서는
마음으로부터 말을 건넨다.
배려는 감사에서 생겨나고,
감사는 존경에서 생겨난다.
무엇보다 중요한 점은
언제 어느 때라도 타인을 존경하는
마음을 잃지 않는 것이다.

일에서   드러나는

인간성

"예쁘다거나 멋지게 여겨지는 것은 그렇게 중요하지 않아. 좋은 일을 하는 쪽이 가장 중요해."

어느 휴일에 문득 지인에게 일에 대해 어떻게 생각하느냐고 물어보니 그렇게 답했다.

그녀는 레스토랑에 근무하는데 언젠가 자기 가게를 열고 싶다는 꿈을 가지고 남성 중심 사회인 일터에서 하루하루 바쁘게 일하고 있다. 하루 열 시간 노동하고 일주일에 하루 쉰다고 한다. 그런 식으로 일하는 사정을 알고 있었으므로 언젠가 일에 대한 속내를 듣고 싶다고 생각했다. 그런데 남자들도 좀체 하지 않는 말을 선뜻 해서 놀랐다.

일하면서 중요하게 여기는 점은 무엇이냐고 묻자 "일은 무척 힘들지만 일단 오로지 어떻게 즐기면서 할까 생각해. 나는 일을 음악에 비유해서 하루 업무가 한 곡의 음악 같은 아름다운 멜로디가 되면 좋겠어. 어떤 리듬으로 할까도 생각하지. 그러기 위해서는 일을 어떻게 대할 것인가, 어떤 식으로 나아갈 것인가를 자연스럽게 궁리해. 내가 하는 일이 파블로 카살스Pablo

Casals가 연주하는 바흐 곡처럼 아름답기를 바라지만
상당히 무리겠지. 그래도 이왕이면 그런 아름다움과
비교하고 싶어. 옆에서 일하는 사람과 비교하는 것은
소용없어. 불교 말씀에 '노심老心'이라는 것이 있어.
부모가 자식을 생각하는 것 같은 마음. 그것을 일에
전부 쏟는 거야. 사람은 물론 조리든 식자재든 도구를
다루며 부모가 자식을 기르는 것 같은 상냥함이 넘치는
마음을 계속 가지고 싶어. 일에 앞서 언제나 사람이
있다는 것을 절대로 잊지 않도록 말이야." 그렇게
진지하게 답하고 나서 그녀는 쑥스러워했다.

일에는 반드시 인간성이 드러난다. 그것은
감추려 해도 감춰지지 않는다. 열심히 하면 할수록
그 사람다움이 나오는 법이다. 좋은 일을 하려면 기술을
습득해야 한다. 하지만 우선 자신의 마음을 닦는 노력을
해야 한다. 그러고 보니 일에 인간성이 빠진 것이 가장
좋지 않다고 가르쳐준 분은 아버지였다. 아버지는
인간성이 빠진다면 다른 부분에서 노력할 작정이었더라도
이미 노력이 부족하다고, 긴장감이 없는 방식으로

일하지 말라고 하셨다.

일에 관련된 커뮤니케이션에서 유의할 점은
상대에게 실례가 되지 않는 예의범절과 몸가짐을 갖춰야
한다는 점이다. 말씨나 자세 등에 딱 알맞은 긴장감을
유지하는 것이다. 젊은 시절 내가 그런 것들을 잘해낼
자신이 없다고 아버지에게 말하자, 할 수 없다면 적어도
몸가짐만이라도 제대로 해두라며 차림새에서 중요한
것은 신발이라고 거듭 확인하셨다. 아버지에게 배운
그런 이야기를 그녀에게 했다.

"아, 어쨌든 일이란 매일 실험이지. 기분도 기술도
실험이라는 이름으로 도전의 연속이야. 다른 사람과
충돌할까봐 실패할까봐 비판받을까봐 매일의 실험을
멈추는 순간에 자신의 성장은 멈춰버린다고 생각해.
일하면서 성장이 멈추는 것만큼 불행한 일은 없어.
오늘의 실험이 떠오르는지 어떤지가 일의 본질이라고
나는 생각해. 그것이 생각나지 않게 되면……."

그녀는 여기까지 이야기하고 말을 멈췄다. 내가
다음 말을 기다리자 숨을 들이쉬고 나서 "생각날 때까지

포기하지 않는다……일까?"

"그렇군. 무슨 일이 있어도 단념하지 않는 자세가
일의 바탕이 되지 않으면 어떤 일이든 시작되지 않겠지."

"응, 그래. 그 말대로야."

그녀는 이렇게 말하며 미소 지었다. 이야기하는 도중
자기 손등을 몇 번 쳐다봤는데, 물일 탓인지 피부가
거칠어 안쓰러울 정도였다.

"오늘은 평온하고 좋은 휴일이네."

카페 소파에 몸을 파묻고 그녀는 "으응" 하며
기지개를 켰다. 그런 그녀를 나는 흐뭇하게 지켜보았다.

그녀와 이야기하면서 생각한 것인데 일이란 결국
그 사람이 살아가는 방식이나 사고방식, 인생관이다.
마지막으로 "좋은 일의 요령은 무엇이라고 생각해?"라고
물었더니 "마음이 뜨거워야 해. 다음은 휴식의 고수가
되는 것이지. 건강관리도 일이니까"라며 혀를 날름
내밀었다.

그 말을 듣고 나는 내일도 힘내자고 생각했다.
창밖을 바라보니 저녁노을이 여느 때보다 예뻤다.

일에는 반드시 인간성이 드러난다.

그것은 감추려 해도 감춰지지 않는다.

열심히 하면 할수록 그 사람다움이

나오는 법이다.

좋은 일을 하려면 기술을 습득해야 한다.

하지만 우선 자신의 마음을 닦는

노력을 해야 한다.

일에 관련된 커뮤니케이션에서

유의할 점은 상대에게

실례가 되지 않는 예의범절과

몸가짐을 갖춰야 한다는 점이다.

말씨나 자세 등에 딱 알맞은

긴장감을 유지하는 것이다.

스타인벡의
「아침밥」이

좋은 이유

가이코 다케시開高健 씨의 수필에서 존 스타인벡John Ernst Steinbeck의 「아침밥Breakfast」이라는 콩트를 알게 된 것은 10대의 마지막 시절이었다. 그 소설을 읽으면서 책 속의 정경이 선명히 머리에 떠오르는 기쁨을 처음 느꼈다.

미국으로 여행을 떠났던 열여덟 살 때 정처 없이 샌프란시스코 거리를 걸었던 것은 스타인벡의 「아침밥」 같은 광경이 어디엔가 틀림없이 있으리라는 동경을 품고 있었기 때문이다.

해가 뜨기 직전의 아침, 갓난아이를 옆구리에 안은 젊은 여인이 텐트 옆 스토브에서 아침밥을 준비하며 베이컨을 솜씨 좋게 굽는 모습은 문장과 함께 지금도 머릿속에 영상이 되어 새겨져 있다. 머리카락을 아무렇게나 뒤로 묶은 여인의 옆얼굴이 아침 햇살에 빛나는 모습, 지글지글 소리를 내며 구워지는 베이컨, 그 육즙을 끼얹어 먹는 갓 구운 빵, 그 광경을 보는 주인공 남자, 그것은 나에게 미국 그 자체였다.

미국에 머물기 시작할 무렵, 서투른 영어를 극복하려고
맑은 날 아침에 샌프란시스코 유니언스퀘어 모퉁이에
서서 길 가는 사람에게 "우체국은 어디입니까?"라고
닥치는 대로 물었다.

　　"똑바로 걸어가다가 막다른 곳에서 돌아가요"라는
사람이 있는가 하면 "오른쪽으로 돌아가서 바로 왼쪽으로
돌아서 직진"이라 말하는 사람이 있듯 그 답하는 방식이
제각각이라 영어 공부에 무척 도움이 되었다.

　　하얀 탱크톱을 입고 황금색 머리를 포니테일로
묶은 20대 여성이 걸어왔을 때 반사적으로 다음은
이 사람에게 물어보자고 생각했다. 그녀의 걸음걸이는
구름 위를 걷는 듯이 아름다웠다.

"Excuse me, but where is post office?"

　　우체국 위치를 물으면서 그녀의 하늘색 눈을 응시한
나는 한순간에 마음을 빼앗겨버렸다. 그녀는 "좋아요"
하고 땅바닥에 쭈그리고 앉아 청바지 주머니에서
작은 칼을 꺼내 칼날을 탁 폈다. 그리고 주저 없이 칼을
펜 대신 사용해 아스팔트에 선을 그었다. 칼은 파삭파삭

멋진 그 사람

소리를 내며 아스팔트를 긁었고, 몇 개의 선은 훌륭한
지도가 되었다. 그 모습을 보던 나는 이 미국 여성은
얼마나 멋진가 하고 숨이 멎을 만큼 놀랐다.

"지금은 여기예요. 여기에서 세 블록 앞에서 오른쪽.
조금 걸어가면 우체국은 왼쪽에 있어요."
　　그녀는 아스팔트에 그린 지도를 칼로 덧그리며
친절하게 가르쳐주었다.
　　그 순간, 스타인벡의 「아침밥」이 떠올랐다. 아침
안개 속에서 무심하게 아침밥을 요리하는 여인의
아름다운 옆얼굴과 지금 내 옆에서 칼로 아스팔트에
지도를 그리는 여인의 옆얼굴이 겹쳤다.
　　"알겠어요?"라며 바라보는 그 아름다운 파란 눈과
마주친 나는 무심코 "당신 이름은?"이라고 물었다.
그녀는 키득 웃었다.
　　"글쎄, 무슨 이름일까?"
　　그녀는 이름을 말하지 않았다.
　　"좋은 하루."
　　그녀는 일어서서 씩씩한 걸음으로 사라졌다.

단 5분 남짓한 대화였지만 나는 가슴이 대포로
뚫린 것처럼 감동받았다. 고독과 마주하며 작은 절망을
안고 있던 나는 미국에 오기를 잘했다고 다시 희망을
싹 틔웠다.

다음 날부터 그녀와 한 번 더 만나고 싶어서
아침이면 같은 시간에 길모퉁이에 서 있었다. 그러나
유감스럽게도 그녀와는 두 번 다시 만날 수 없었다.

지금도 스타인벡의 「아침밥」을 아주 좋아한다.
읽으면 샌프란시스코에서 마주쳤던 여인의 옆얼굴을
언제라도 만날 수 있기 때문이다.

미국으로 여행을 떠났던 열여덟 살 때
정처 없이 샌프란시스코 거리를
걸었던 것은 스타인벡의 「아침밥」 같은
광경이 어디엔가 틀림없이 있으리라는
동경을 품고 있었기 때문이다.
해가 뜨기 직전의 아침, 갓난아이를
옆구리에 안은 젊은 여인이
텐트 옆 스토브에서 아침밥을 준비하며
베이컨을 솜씨 좋게 굽는 모습은
문장과 함께 지금도 머릿속에
영상이 되어 새겨져 있다.

감상을   전하자

옛날부터 다른 사람에게 무언가 주는 것을 아주 좋아해서
이른바 '선물광' 부류에 속한다. 선물이라면 거창하게
들리겠지만, 일부러 무언가를 사서 준다기보다 우연히
맞닥뜨렸는데 마음에 드는 것이나 먹어보니 맛있었던
것 등 요컨대 일상적인 행복을 나누는 것을 좋아한다.
음식이 많거나 누군가에게 무언가를 잔뜩 받을 때마다
'이것을 누구와 나눌까' 하고 생각한다. 그럴 때는 가까이
있으면서 그것을 좋아할 법한 사람에게 주게 된다.

　　이렇게 말하면 내가 무척 좋은 사람처럼 여겨질지도
모르지만 나는 무엇이든 누군가와 서로 나누고 싶은
마음이 강하다. 그러지 않으면 어쩐지 벌 받을 것 같다고
생각하는 것은 어린 시절부터 타고난 기질이다.

　　사실을 말하자면 혼자서 즐기는 것에 서투르다기보다
그럴 마음이 들지 않는 편이다. 그래서 그런 나날을
보내고 있지만 문득 나에게서 곧잘 무언가를 받는 사람과
그렇지 않은 사람이 있음을 깨달았다. 일부러 차별하는
것은 아니지만 '이것을 누구에게 줄까' 생각했을 때
얼굴이 떠오르는 사람과 그렇지 않은 사람이 있다는 것이

솔직한 마음이다.

무언가 생겼을 때 얼굴이 떠오르는 사람이라면
우선 부모님이다. 직업상 맛있는 것을 먹을 기회가
남보다 많은데 그것이 맛있으면 맛있을수록 부모님
얼굴이 떠오른다. 이다음에 드시게 해드리고 싶다는
마음과 이렇게 맛있는 것을 혼자 먹어버려 죄송한
마음이 반반이다.

아무래도 부모란 특별한 존재니까 제쳐두고
그 밖에 얼굴이 떠오르는 사람이라면 기분 좋은 반응이
돌아오는 사람이다. 건네주었을 때 바로 나오는 반응을
말하는 것이 아니다. '모쪼록 괜찮다면 받아주세요'라고
건넸을 때 '감사하다'며 웃는 얼굴을 보이고 한두 마디
눈치 있게 말해주는 사람은 많다. 그 정도는 보통이고
그다지 인상에 남지 않는다. 인상에 남는 것은 이를테면
다음 날 "어제 간식 아주 맛있었어요"라고 웃는 얼굴을
보여주는 사람이다. 결국 받은 것이 어떠했는지
분명하게 반응을 돌려주는 사람이다. 말하자면 인사가
아니라 감상이다.

감상을 잘하는 사람은 득을 본다. 나는 젊은 시절부터 감상을 전하는 것이 특기였을 뿐만 아니라 감상을 전할 타이밍을 노리는 것도 잊지 않았다. 선물이든 어떤 것이든 상대가 "어땠어?"라고 묻기 전에 이쪽에서 먼저 "미안하지만 잠깐 5분만 괜찮아요?"라는 식으로 시간을 따로 만들어 마음을 담은 감상을 상대에게 전한다. 그렇게 하면 상대방은 정말로 기쁜 얼굴을 하며 "무언가 생기면 또 나누어줄게"라고 말한다.

손익계산을 해서가 아니라 말하자면 눈깔사탕 하나라도 물건을 받았거나 남이 무언가 해주었을 때는 사례의 말은 물론 그 뒤에 감상까지 확실히 말로 전하자는 것이다.

모처럼 맛있는 것을 주었는데 그것이 맛있었는지 아니었는지 아무것도 말하지 않는 사람이 많다보니 나도 모르게 설교 냄새를 풍기고 말았다. 이전에도 회사의 몇몇 동료들에게 많은 것을 나누었지만 사례는 말해도 감상을 말하는 사람은 한 명도 없었다. 유감이라고 할까 섭섭한 기분이 들었다.

그래서 즐거운 감상을 말해주는 사람에게는 이것도
저것도 주고 싶고 자꾸 무언가 해주고 싶어진다.

"인간이란 단순한 생물이니까. 어떻게 말로 취하게
하고 기쁘게 해줄까 하는 문제야. 그런 배려가 네 몸을
지켜주는 거야." 이렇게 가르쳐준 사람은 어머니다.
말로 기쁘게 하려면 인사 편지를 부지런히 쓰는 사람이
되라고 하는데 감상의 반응도 마찬가지로 중요한
배려라고 생각한다.

편지를 잘 쓰는 사람이라고 하니 이전에 재미있는
이야기를 들었다. 작가 기리시마 요코桐島洋子 씨는 편지
쓰기를 아주 좋아해서 젊은 시절에 친구들과 지인에게
대수롭지 않은 신변잡기를 곧잘 엽서에 적어 보냈다고
한다. 엽서이니까 집으로 보내면 그 집에 사는 사람이
흘끗 보는 경우도 있을 것이다. 자주 엽서를 보낸 친구가
작가 나가이 다쓰오永井龍男 씨의 딸이었는데, 어느 날
나가이 씨가 엽서를 읽고 기리시마 씨가 쓴 문장이
무척 훌륭하고 재미있어서 감탄한 모양이다. 그때부터
쭉 엽서가 올 때마다 자기도 읽게 해달라고 딸에게

부탁했다고 한다.

이럭저럭하는 사이에 구직 활동 시기가 된 기리시마
씨는 "꼭 출판사에 취직하고 싶은데 상당히 어려워"라는
고민을 그 친구에게 엽서로 썼다. 그것을 읽은
나가이 씨가 이렇게 문장이 훌륭한 사람이니까 하면서
분게이슌주文藝春秋 사장 이케지마 신페이池島信平 씨에게
소개해 기리시마 요코 씨의 취직이 결정되었다는
이야기다. 기리시마 요코 씨의 편지 문장은 예의 바르고
동시에 유머가 풍부해서 읽는 상대를 즐겁게 해주었다고
한다. 입사하고 그녀는 매일 출판사에 오는 독자 문의를
편지로 써서 응답하는 일을 맡았다. 그렇게 몇 년이 지나
작가로 데뷔하고 이름이 알려졌을 때 "친절하고
정중하게 편지 답장을 보내주신 분게이슌주의 기리시마
씨입니까?"라는 말을 어떤 독자에게 들었다고 한다.

사람에게 마음을 전하는 데는 여러 가지 방법이
있겠지만 가장 기쁘게 하는 것은 생생한 말이다.
그리고 다음이 편지다. "무슨 일이든 직접 쓴 편지로
시작하고 무슨 일이든 편지로 끝내는 거예요.

감상을 전하자

그런 예의범절이 아주 중요해요." 기리시마 요코 씨가
나에게 말해주었다.

사람에게 마음을 전하는 데는
여러 가지 방법이 있겠지만
가장 기쁘게 하는 것은 생생한 말이다.
그리고 다음이 편지다.
무슨 일이든 직접 쓴 편지로 시작하고
무슨 일이든 편지로 끝내는 거다.
그런 예의범절이 아주 중요하다.

마법의　언어

가출하듯이 일본을 떠나 처음 미국으로 건너갔을 때
기댈 곳이나 아는 사람이라고는 하나도 없고 영어도
전혀 못했다. 태어나면서부터 낙관적인 성격이어서
그래도 어떻게든 되겠지 생각했다. 내 단점은 무슨 일이든
낙관적이고 늘 지레짐작하고 마는 것이다. 언젠가 그것이
장점으로 바뀌는 때도 있겠지만 젊을 때의 무모함이
거기에 더해지면 곤란한 일도 많았다. 지금도 그 시절을
돌이켜보면 촉촉이 식은땀이 난다.

　맨 처음 미국에서 기억한 말은 '플리즈please'였다.
그때까지는 인사 한마디 뜻대로 되지 않고 미국
사람들과 어떻게 커뮤니케이션을 해야 좋을지를 몰랐다.
미국에서는 사람과 이야기할 때 우선 상대의 눈을
똑바로 보는 것이 중요했다. 그러나 일본인인 나에게
그토록 어려운 일인 줄은 몰랐다.

　샌프란시스코의 길모퉁이 어느 작은 식료품점에
들어갔을 때 나는 그 가게에서 손수 만든 샌드위치를
사려고 메뉴와 카운터에 늘어놓은 재료들을 보고
있었다. 가게의 남자는 몇 번인가 내 눈을 보면서

'뭘 먹고 싶어?'라는 신호를 보냈다. 나는 머뭇머뭇하면서
'망설이고 있으니까 기다려주세요'라는 의사를 손짓으로
전하고 어떻게 하면 먹고 싶은 것을 주문할 수 있을지
고민했다.

　거기에 다섯 살쯤으로 보이는 남자아이가 어머니와
함께 왔다. 어머니와 아이도 샌드위치를 부탁하고 싶은
듯했는데, 점원과 인사를 나누며 오늘은 어떤 것으로
할까 등을 중얼거렸다. 그때 남자아이가 "나는 참치
샌드위치!"라고 큰 소리로 주문했다. 그러자 어머니가
"그러면 안 되죠. 마법의 언어는 뭐라고 하지?"라고
아이에게 물었다. 아이는 부끄러운 기색을 보이면서
작은 목소리로 말했다. "플리즈." "그렇지. 남에게
부탁할 때는 마법의 언어를 써야 해요. 잘했어요."
어머니는 아이의 머리를 쓰다듬었다.
　듣고 있던 나는 '플리즈'는 마법의 언어구나, 라고
감동했다. 남자아이는 마법의 언어를 제대로 말하고 나서
의기양양했다.
　나는 어머니와 아이가 가게를 나간 뒤에 아이의

흥내를 내서 "참치 샌드위치, 플리즈"라고 남자에게
말해보았다. 그는 빙긋 웃으며 잘 알겠다는 듯이
눈짓하고 "오래 기다리셨습니다"라면서 유난히 맛있어
보이는 참치 샌드위치를 건네주었다. '플리즈'는
정말로 마법의 언어였다.

마법의 언어 '플리즈'를 계기로 신기하게도 영어가
부담스럽지 않아져서 미국 사람들과 조금씩 소통하게
되었다.
상대의 눈을 똑바로 본다. 웃는 얼굴로 대한다.
마법의 언어를 잊지 않는다. 이것들이 나의 영어 실력이
늘도록 도와주었다.

'플리즈'는 일본어로 하면 '도조 오네가이시마스
どうぞお願いします: 아무쪼록 부탁합니다'인데, 늘 타인에게
겸허하게 감사한 마음을 전하는 멋진 말이다.
지금 일본에서도 생활이나 일에서 사람을 대할 때면
자신에게 곧잘 이렇게 묻는다. 마법의 언어는 뭐라고
하지? 세상에는 더 많은 마법의 언어가 있을 것이다.

그리고 세상 어딘가에서 마법의 언어가 생겨날 것이다.

나는 마법의 언어를 더 배우고 싶다. 그런 마법의
언어를 책으로 만들어 모두와 함께 배울 수 있다면
얼마나 멋질까 생각한다.

마법의 언어 '플리즈'를 계기로
신기하게도 영어가 부담스럽지 않아져서
미국 사람들과 조금씩 소통하게 되었다.
상대의 눈을 똑바로 본다. 웃는 얼굴로
대한다. 마법의 언어를 잊지 않는다.
이것들이 나의 영어 실력이 늘도록
도와주었다. '플리즈'는 일본어로 하면
'도조 오네가이시마스아무쪼록 부탁합니다'인데,
늘 타인에게 겸허하게 감사한 마음을
전하는 멋진 말이다.

꿈을

함께 나눈다

스페인령 메노르카Menorca 섬. 마요네즈는 18세기에
이곳에서 탄생했다. 까마득한 옛날부터 섬에서는
마요네즈 만들기 대회가 거행되었다. 이 대회에는
섬에 사는 아가씨와 부인만이 아니라 스페인 본토에서도
도전자가 나왔다.

    누군가가 2년 연속으로 우승한 부인에게 그 비결을
물었다. "달걀 온도를 실온과 맞추기. 그다음 끝까지
일정한 방향과 힘으로 휘젓기." 이 섬에서 태어나
처녀 시절부터 몇 년이고 계속 마요네즈를 만든 부인은
당연한 일을 당연하게 행하는 것이 중요하다고
이야기했다.

    나는 이 글을 10대 시절에 본 마요네즈 광고에서
가지고 왔다. 이렇게까지 잘도 자세히 기억하고 있다니
감탄할 정도다. 내 기억에 약간 착오가 있을지도 모른다.
하지만 그 광고 카피를 읽었을 때 느낀 감동이 아직도
선명하다. '우승자의 비결이란 이렇게 단순한 것인가'
하고 놀랐다.

꿈을 함께 나눈다

광고 사진에서 우승한 부인의 옆얼굴을 보았다.
창가에 선 부인의 얼굴 위로 아름답게 그늘이 드리워
있었다. 배경은 흐릿했지만 메노르카 섬의 바람과
공기가 어렴풋이 느껴졌다. 부인의 상냥하고 다부진
눈동자는 만약 이런 사람이 나를 찬찬히 바라본다면
울어버리고 싶을 만큼 아름다웠다.

신호등이 하나도 없다는 섬 메노르카에 가서
한 번이라도 좋으니 마요네즈를 먹어보고 싶다.
메노르카 섬은 어떤 곳일까? 그런 꿈을 줄곧 품고 있다.
꿈은 언제 이루어질까? 그것을 생각할 때마다 부인의
눈동자가 눈앞에 떠오른다.

지금 가장 가고 싶은 곳은 어디인가요, 여행한다면
어디에 가고 싶은가요, 라는 질문을 곧잘 받는다.
그때마다 마요네즈의 섬, 메노르카가 생각난다.
젊은 시절에는 그 꿈을 입에 담은 적이 한 번도 없었다.
대부분 '이집트'라는 답으로 넘겼다. 거짓말은
아니었지만 최상의 답은 아니었다. 꿈은 비밀로

간직하는 것이다. 말로 내뱉거나 남에게 말해버리면
꿈이 이루어지지 않는다는 어디선가 들은 미신을 믿었기
때문인지도 모른다. 꿈은 많았지만 절대 말하지 않고
묵묵히 그것을 향해 나아갔다.

어느 날 함께 일하는 지인이 "꿈을 말해봐"라고 해서
"꿈은 비밀로 간직해두는 것이야. 말하는 게 아냐"라고
짐짓 멋있는 척하면서 답한 것은 서른 살 생일이 지날
무렵이다. 당시 나는 꿈이 너무 많아서 하나하나 공책에
써 내려갔다. 그 공책을 멍하니 바라보기를 좋아했다.
내가 쓴 꿈을 보고 있으면 잊지 않겠지 싶어 안심이었다.
하지만 동료의 생각은 달랐다.
"꿈은 당연히 많은 사람들에게 말하는 게 좋아.
꿈이 혼자 힘으로 이루어진다고 생각하는 거야? 꿈이
이루어지면 혼자 기뻐하고 그것으로 행복을 느낄 수
있다고 생각해?"
그런 말을 들으니 어쩐지 괴팍한 성질이 드러난 것
같아 한심해졌다. 뒤에서 나무 몽둥이로 세게 얻어맞은
기분이었다. 그녀에게 반론할 기운도 없어서

꿈을 함께 나눈다

"응"이라고만 답했다.

　"어리석다고 여겨지더라도 자기 꿈을 많은 사람들에게
말하면 좋아. 누군가 한 사람이라도 응원해줄 수 있고
도움을 줄지도 몰라. 자기 혼자만의 꿈이라니 너무
외롭잖아. 그러니까 절대로 포기하지 말고 계속 꿈을
이야기해. 꿈은 말할수록 마음속에서 진짜 꿈이 되고
사람들에게 진짜 꿈이 되어 가닿으니까. 좋은 걸
가르쳐줄게. 꿈을 백 명에게 말하면 그 꿈은 반드시
이루어진다는 속담이 있어. 믿어봐."

　그녀는 '괜찮아. 네 꿈은 꼭 이루어질 테니까'라고
말하는 듯한 눈빛과 방긋 웃는 얼굴로 나를 바라보았다.
그러자 그때까지 있었던, 꿈에 달라붙어 있던 무력감과
불안, 절망이 조용히 씻겨 내려갔다. 그녀의 눈동자가
메노르카 섬의 마요네즈 대회에서 두 번이나 우승을
이루어낸 부인의 눈동자와 겹쳤다.

　마요네즈가 태어난 곳, 스페인령 메노르카 섬에 가서
거기에서 제일 맛있는 마요네즈를 먹는다. 이것이 나의
첫 번째 꿈이다.

멋진 그 사람

꿈은 많은 사람과 함께 나누는 것. 많은 사람과 함께 기뻐하는 것. 꿈은 반드시 이루어진다고 지금은 믿는다.

꿈을 함께 나눈다

"어리석다고 여겨지더라도 자기 꿈을
많은 사람들에게 말하면 좋아.
누군가 한 사람이라도 응원해줄 수 있고
도움을 줄지도 몰라.
자기 혼자만의 꿈이라니 너무 외롭잖아.
그러니까 절대로 포기하지 말고
계속 꿈을 이야기해.
꿈은 말할수록 마음속에서 진짜 꿈이 되고
사람들에게 진짜 꿈이 되어 가닿으니까.
좋은 걸 가르쳐줄게. 꿈을 백 명에게 말하면
그 꿈은 반드시 이루어진다는 속담이 있어.
믿어봐."

정보와의

거리를   지키는

지혜

지인 A씨는 IT 기업에서 기획자로 일한다. 다른 분야의 사람과 만나 이야기하면 자극이 되어 즐거울 뿐만 아니라 얻는 것도 많다. 그래서 한 달에 한 번쯤 다른 업종의 사람들을 만난다.

그녀의 말에 따르면 IT 업계에서 일한다고 해서 특별히 디지털 미디어에 훤하지도 않고 일의 근본은 지극히 수작업에 가까우며 하나의 커뮤니케이션 형태여서 결국 일하는 사람의 인간미가 효력을 발휘하는 세계라고 한다. 내가 그녀에게 호감을 느끼는 이유는 매우 솔직하고 모르는 것은 "몰라"라고 정확히 말하기 때문이다. 대신 아는 것에는 한없이 깊은 지식을 가지고 있는데, 그것은 진실을 꿰뚫는 올바른 정보다.

이제는 알고 싶은 것이 있으면 스마트폰과 컴퓨터를 이용해 인터넷으로 조사하고 조금만 시간을 들이면 모르는 것이 하나도 없을 정도로 사회가 정보화됐다.

제시간에 무엇이든 알아내는 것이 당연한 세상인데 그녀는 어지간한 일이 없는 한 스마트폰으로 인터넷에 접속하지 않고 집에서도 컴퓨터를 켜는 일이 드물다고

한다. 요컨대 그녀는 자신과 정보 사이에 기분 좋은
거리감을 정확히 지킨다.

이것은 어쩌면 현대인이 터득해야만 하는 지혜가
아닐까 생각한다. 그렇게 하지 않고 무의식적으로
24시간 360도 방향에서 늘 정보를 받아들이면 정보를
받아들여 이해하는 수용력이 순식간에 터져나가
몸도 마음도 망가질 것이다. 빠르고 간단하게 손에
들어오는 정보 가운데 양질의 내용이 적다는 사실을
알아야 한다. 그것 또한 스트레스로 쌓이기 때문이다.
어떻게 하면 넘쳐나는 정보를 차단하고 자기에게
필요한 양질의 내용만 얻어낼지를 생각해야 한다.

그녀에게 그 방법을 물어보았다. 그러자 이렇게
답해주었다. 하나는 정보원을 선별하는 것이다. 그것도
특정 인물이나 개인으로 한다. 오늘날 기업이나 단체,
특정 미디어는 여러 이유로 올바른 정보나 사실을
발신할 수 없는 경우가 많다. 예를 들어 음식 맛이나
냄새가 어떤가 정도는 내보낼 수 있지만 씹을 때의
식감이나 풍미, 소화하면 어떻게 될까, 음식이 몸에

좋은가 아니면 해가 되는가 하는 진실을 알리기는
상당히 어렵다고 한다.

그렇다면 양질의 정보를 가지고 진실을 전할 수 있는
위치에 있으며, 무엇보다 인간으로서 신용할 수 있는
누군가로부터 정보를 얻을 수밖에 없다. 어떤 면에서는
그것이야말로 앞으로 우리가 살아가는 데 필요한
생명선이 된다. 그리고 신용할 수 있는 정보원은
다섯 명이면 충분하다고 한다.

직접 만나 이야기를 듣는 것도 좋고 그 사람의
블로그를 읽는 것도 좋고 그 사람이 출연하는 라디오를
들어도 좋다고 한다. 가장 위험한 것은 광고주가
많은 신문이나 텔레비전만 정보원으로 삼는 것이다.
그것들은 어디까지나 '정보의 풍경'으로 바라보는
정도로 해두는 게 좋다.

개인이라도 광고주가 뒤에 숨어 있는 일이 많으므로
주의해야 한다. 전부라고는 할 수 없지만 대학교수나
과학자, 연구자도 그런 경우가 있다. 인터넷 뉴스는
배포가 빠를 뿐 정보의 질은 신문이나 텔레비전과

마찬가지다.

　그렇다면 자기가 신용할 수 있는 정보원 다섯 명을
어떻게 찾아야 할까? 그녀는 "그것이야말로 우리 시대에
누구에게나 필요한 능력이라고 생각해. 스마트폰이나
컴퓨터 같은 편리한 도구와 돈을 아무리 써도 양질의
정보원은 간단히 손에 넣을 수 없어. 양질의 정보원이니까
애써서 손에 넣는 것이지. 한 가지 말하자면 순수한
'개인'으로서 신용할 수 있는 사람이어야 해. 모르는 것을
'몰라'라고 말할 수 있는 용기가 있는 사람은 신용할 만해.
무엇이든 안다고 말하는 사람은 사실 아무것도 모르는
사람이라고 해도 틀리지 않아."

　그녀의 입에서 그런 말이 나와서 놀랐다. 내가
생각한 "모른다"라고 말할 수 있는 용기를 가진 사람은
바로 그녀였기 때문이다.

　그녀는 자기가 찾아낸 다섯 명이라는 최소한의
정보원으로부터 알게 된 사항을 살펴보고 필요에 따라
그보다 한층 깊은 정보를 스스로 '걷고 보고 듣는'

행위로 발굴하는 것을 기본으로 한다. 한편 정보원은
1년에 한 번 갱신한다. "시간도 돈도 체력도 사용하지.
그렇게 하지 않으면 1차 정보에 접할 수 없거든"이라며
그녀는 미소 지었다.

"IT 업계에서 일하는데 이렇게 '정보의 창'을 좁게
해두고 있다니 놀랍지? 이쪽 세계에 있어서 오히려
그렇게 생각하는 거야. 그 이유를 말로 설명하기는
어렵지만."
　　지하철에 타니 대부분의 사람들이 스마트폰으로
무언가를 보고 있다. 그런 방식으로 하는 정보 수집과
커뮤니케이션은 슬슬 그만두어도 좋지 않을까 싶다.
　　속사정을 밝히자면 그녀는 내가 꼽은 중요한
다섯 명 가운데 한 명이다.

자신과 정보 사이에 기분 좋은 거리감을
정확히 지킨다. 이것은 어쩌면 현대인이
터득해야만 하는 지혜가 아닐까 생각한다.
그렇게 하지 않고 무의식적으로 24시간
360도 방향에서 늘 정보를 받아들이면
정보를 받아들여 이해하는 수용력이
순식간에 터져나가 몸도 마음도
망가질 것이다.
빠르고 간단하게 손에 들어오는 정보는
양질의 내용도 적다. 어떻게 하면
넘쳐나는 정보를 차단하고 자기에게
필요한 양질의 내용만 얻어낼지를
생각해야 한다.

돈을

쓰는 방법

"가격 때문에 망설일 때는 무리해서라도 사려고 해.
가격 이외의 것이 고민된다면 절대로 사지 않아."
　　어느 날 물건을 사는 것에 이것저것 잡담하던 지인이
말했다. 무척 공감이 갔다.

　　이렇게 말하면 사치라거나 꼴사납다는 말을 들을지
모르지만 이를테면 탐나는 물건을 발견했을 때 가격이
비싸다고 단념하면 '그때 반드시 사둘걸'이라는 생각이
두고두고 난다. 충동구매가 아니라 정말로 갖고 싶은
물건이란 그렇게 흔히 찾아지지 않고, 막상 때가 되어
찾으려 하면 아주 힘들다. 그런 물건을 맞닥뜨렸을 때
사지 않으면 다시는 못 만날지도 모른다. 지나친
말일 수도 있지만 물욕을 채우려는 것이 아니라 마음이
정말로 원하는 것이라면 빚을 내서라도 사는 편이
좋다고 생각한다. 그런 물건은 틀림없이 우리에게
가격 이상의 무언가를 준다. "그래도 그렇게 생각되는
물건은 좀처럼 없지. 남에게 돈을 빌려서라도 사고 싶은
물건이라니"라고 그녀는 말했다. 그 말에도 나는
수긍했다.

낭비와 소비, 그리고 투자는 완전히 다르다. 돈을 사용하는 방식이 낭비인가, 소비인가, 투자인가를 늘 생각한다. 작은 물건을 살 때도 그렇다. 곰곰이 생각해서 받아들이고 나서야 돈을 쓰기로 했다.

내가 생각하기에 생활에 필요한 물건을 사는 행위는 소비, 물욕을 채울 뿐인 허비는 낭비, 이익을 낳기 위한 자금 투하는 투자다. 세 가지의 균형이 중요하다. 낭비에 치우치면 자기 마음의 상태와 마주해야 한다. 소비에 치우치면 생활 방식을 점검하는 편이 좋다. 투자에 치우치면 지렛대가 제대로 작용하고 수익이 정체되지 않는지 살펴야 한다. 돈을 쓰는 방법의 우선순위는 먼저 소비, 그다음이 투자, 그리고 낭비일 것이다. 낭비도 생활의 윤활유로 인정하는 것이 중요하다.

가장 어려운 일은 그것이 소비인가, 투자인가를 판별하는 것이다. 몸에 좋은 식자재를 사는 것은 자신에 대한 투자다. 평소에 몰고 다니는 승용차에 휘발유를

넣는 것은 소비다. 투자는 금융 관련뿐만이 아니라
영어 회화 등의 공부도 포함된다. 돈을 쓸 때는 언제나
생각한다. 이것은 소비인가, 투자인가 하고. 낭비는
아주 조금으로 그치게 하고 싶다.

　　다시 앞의 이야기로 돌아가자. 눈앞에 있는
정말로 가지고 싶은 물건은 나에게 소비인가, 투자인가,
낭비인가? 그녀의 말에 따르자면 투자라면 무리를
해서라도 사자는 것이다. 거기에는 확실히 큰 지렛대가
작용하며, 가격 이상의 수익이 보인다면 하나의
기회이므로 그냥 넘겨서는 안 된다.

　　사람이란 늘 자신에게 도움이 되는 것을 찾는다.
물건을 사면서 골똘히 좋은 것이 없나 하는 생각은
지금 나를 도와줄 것이 없을까 하는 마음이다.
일용품이든 음식물이든 입을 것이든 무엇이라도 그렇다.
도움이 되는 것이 손에 들어온다면 대체로 소비나
투자의 분류에 들어갈 것이다. 그렇기에 돈 사용법의
균형을 잡는 의미에서 어느 쪽인지를 알아야 한다.

다른 사람이 볼 때는 낭비일지 몰라도 내가 보기에
훌륭한 투자라면 신경 쓸 일이 아니다. 계속 그렇게
돈을 사용하면 된다.

　여기에서 하나하나 털어놓을 마음은 없지만, 나도
정말 가지고 싶어서 고민 끝에 무리해서 샀던 물건이
적지 않다. 거기에는 투자로 성립되지 않고 실패한 것도
많다. 하지만 그렇게 되풀이한 실패가 돈을 쓰는 방법에
대한 공부로 이어져 그 뒤로는 실패가 줄어들었다.
돈을 사용하는 방법에 실패가 적어지면 돈이 줄지 않는
결과로 이어진다.

　마지막으로 돈의 사용에 실패를 줄이는 중요한
규칙 또는 요령이 있다. 돈을 쓸 때 이렇게 스스로
묻는 것이다. "이렇게 사용하면 돈이 기뻐해줄까?"
만약 내가 돈이라면 이런 방법으로 사용될 때 기쁠까,
슬플까? 돈이 기뻐하고 즐겁게 생각해준다면 분명히
올바른 구매 행위일 것이다.

　"가격 때문에 망설인다면, 그렇게 쓰여서 돈이
기뻐해준다고 생각하면 무리해서라도 사고 있어.

만약 가격 이외의 고민이 들고, 사용법에 돈이 슬퍼할 것
같다면 절대로 사지 않아." 그녀의 말을 이렇게 보충하면
이해하기 쉬울 것이다.

무슨 일이든 그렇겠지만 기쁨을 주면 반드시 감사
인사를 받는다. 누군가를 슬프게 하면 슬픔은 반드시
나에게 돌아온다.

돈을 쓰는 방법도 인간관계와 비슷하다.

생활에 필요한 물건을 사는 행위는 소비,
물욕을 채울 뿐인 허비는 낭비,
이익을 낳기 위한 자금 투하는 투자다.
세 가지의 균형이 중요하다.
낭비에 치우치면 자기 마음의 상태와
마주해야 한다. 소비에 치우치면
생활 방식을 점검하는 편이 좋다.
투자에 치우치면 지렛대가 제대로
작용하고 수익이 정체되지 않는지
살펴야 한다.
돈을 쓰는 방법의 우선순위는
먼저 소비, 그다음이 투자, 그리고 낭비다.
낭비도 생활의 윤활유로 인정하는 것이
중요하다.

칭찬하면서　　깊어지는

인간관계

타인에 대한 칭찬이 어느덧 당연한 듯이 몸에 밴 것은
10대 후반에 미국에 건너갔던 일이 계기가 되었다.
여행지에서 겪은 여러 가지 경험이 나를 그렇게
만들었다고 생각한다.

그 시절에 영어를 말하지 못하고 인사도 잘할 수
없었던 나를 날마다 기쁘게 해준 것은 매일같이 커피를
사러 갔던 카페나 식당의 점원들이었다. 그들은 인사와
함께 그날의 내 옷차림이나 표정을 보고 꼭 무언가를
찾아내서 칭찬해주었다. "셔츠 색이 예쁜데요."
"오늘 유난히 좋아 보여요." "멋진 구두를 신었군요."

인사만으로 커뮤니케이션을 끝내지 않고
조금이라도 상대와 대화하는 것이 한 사회인으로서의
매너로 여겨지는구나 하고 감탄했다. 외국인에다 영어도
뜻대로 안 되는 나 같은 여행자에게는 특히 상냥하게
대해주었다.

"고마워요"라고 대답하고 나도 상대를 보면서
"당신 모자도 멋지네요. 어디에서 샀어요?"라는 식으로
대답하면 그들도 무척 기쁜 표정을 보이며 "음, 이 모자는

몇 가街의…… 이다음에 함께 갈까?"라고 하거나
가게 주소를 써주면서 단순한 점원과 손님의 관계에서
친구 관계로 발전하는 일도 적지 않았다.

상대에게 무언가 보답을 바라고 칭찬하는 것이
아니라 마치 작은 선물을 건네는 것처럼 문득 느낀 점을
순수한 기분으로 말한다. 칭찬받는 것은 타인이 나에게
해주었을 때 기쁜 일의 하나다. 게다가 누구에게나
지금 바로 할 수 있다. 그러니까 나도 타인을 칭찬하자고
생각했다. "안녕하세요" 하는 인사와 함께 그 사람의
멋진 점을 찾아내 말을 건넨다. 그것만으로 인간관계가
훨씬 풍부해진다는 사실을 알았다. 처음에는 아침 인사
때만이라도 좋다. "좋아 보이네요"라는 말만이라도
괜찮다.

타인이 나에게 관심을 보이면 정말로 기쁘다.
그러면 서로 나누는 인사에 여느 때보다 더 활짝 웃는
얼굴이 나온다. 인사를 나누고 서로 "고마워요"라고
말할 수 있는 커뮤니케이션이야말로 내가 여행지에서

정말 멋지다고 생각한 일이었다.

타인을 칭찬하기는 말만큼 간단하지 않다. 게다가
아무렇지 않게 칭찬하는 것이 중요하다. 너무 과장해서
칭찬하면 부자연스럽고 도리어 상대가 거북해할 수도
있다. 인사 다음에 이따금 덧붙이는 말도 좋고, 아는
사이라면 잡담을 시작하는 말로 해보아도 좋다.

여행지에서 배운 방법인데 갑자기 말하고 싶은
용건을 꺼내면 재미없으니까 우선 상대의 멋진 점을
말하고 거기에 이것저것 이야기해나가면 서로 편해진다.
그다음에 본론으로 들어가면 이야기 내용이 상대의
사적인 부분에 관한 것이라도 아주 부드럽게
이야기할 수 있다.

머무는 곳의 호텔방에서 밤마다 기타를 연습하던
나에게 어느 날 지배인이 말을 걸어왔다. 아주 온화하게
내 인품을 칭찬해주고 나서, 방에서 기타를 치는 것이
너에게는 무척 중요하겠지만 옆방 사람에게는 조금
시끄러울 수 있다고 말했다. 물론 그 점을 깨닫지 못했던
내가 잘못했지만 지배인의 말하는 방식 덕분에

일깨워주어서 정말 고맙다는 순수한 기분으로 들을 수
있었다. 그는 만약 밤중에 기타를 치고 싶으면 호텔
로비에서 치면 된다고 말하고는 바로 프런트 직원에게
내가 밤에 로비에서 기타를 칠 수도 있으니
잘 부탁한다고 일러주었다.

전하고 싶은 메시지가 있으면 우선 상대를 말로
기쁘게 하고 나서 전하라는 이야기는 일종의 정설일지도
모른다. 처음에 상대를 존중하고 관심이 있음을
상냥하게 밝히고 들어가면 말을 받아들이는 자세가
바뀌는 것은 사실이라고 생각한다.
그렇다 해도 나 역시 타인에 대한 칭찬이 좀처럼
능숙해지지 않았다. 처음에는 쑥스러워서 칭찬하는 말을
솔직하게 꺼내지 못했다. 인사한 다음 무언가 한마디가
나올 것 같으면서도 잘 나오지 않았다.

그래서 맨 처음은 이런 식으로 해보았다. 헤어질 때
칭찬의 말을 슬쩍 덧붙였다. 예를 들면 "그럼, 또 봐"라는
인사 다음에 "오늘 옷차림이 무척 멋지네"라는 식이다.

물론 그다음은 상대가 "고마워" 하고 떠나겠지만 나도
"고마워" 하고 그 자리를 뜨니까 민망함을 얼버무릴 수
있었다. 멋쩍기는 상대도 마찬가지다. 그런 쑥스러움도
곧 기쁨으로 바뀐다. 서로 등을 보이고 걸으면서
천천히 기쁨을 음미하는 느낌은 꽤 좋다.

　요즘 나는 물건을 사든 외식을 하든 밖에서 타인과
무언가 주고받든 언제나 거기에서 만나는 상대의
좋은 점을 찾아내 말하는 것을 기쁨으로 삼는다.
남이 보기에는 때때로 가볍게 여겨질지도 모르지만
내게는 자연스러운 일이다. 다른 사람의 좋은 점이나
멋진 점을 찾아내 칭찬하는 것은 어엿한 매너다.
　어려운 일은 가족이나 친구, 회사 동료처럼 친밀한
사람을 칭찬하는 것이다. 실은 그런 가까운 사람이야말로
가장 칭찬해야 할 사람임을 잊어서는 안 된다. 일단
시작하고 볼 일이다. 그렇게 하면 타인도 친밀한 사람도
나를 칭찬해주게 된다.
　배우 다카쿠라 겐高倉健 씨의 『당신에게 칭찬받고
싶어서』(슈에이샤분코)라는 수필집을 아주 좋아하는데,

나도 언제나 칭찬받고 싶은 마음이 가득하다. 그것은
누구나 같다고 생각한다.

요즘 나는 물건을 사든 외식을 하든
밖에서 타인과 무언가 주고받든
언제나 거기에서 만나는 상대의 좋은 점을
찾아내 말하는 것을 기쁨으로 삼는다.
다른 사람의 좋은 점이나 멋진 점을
찾아내 칭찬하는 것은 어엿한 매너다.
어려운 일은 가족이나 친구, 회사 동료처럼
친밀한 사람을 칭찬하는 것이다.
실은 그런 가까운 사람이야말로
가장 칭찬해야 할 사람임을 잊어서는
안 된다.

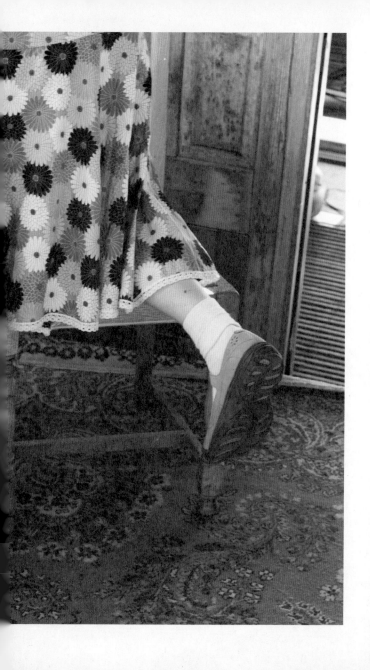

내가　배운　　　육아와
　　　　　　　훈육

"아이가 바라는 대로 전부 해주는 것이 중요하다"는
말을 들었을 때 퍼뜩 눈이 뜨였다. 서른 살 넘어 아이를
얻고 육아와 훈육을 생각하면서 나에게 제2의 어머니라
할 수 있는 지인에게 상담했던 때의 일이다. 그녀는
어린 시절 한때 일로 바빴던 부모님 대신에 나와 한 살
위의 누나를 돌봐준 사람이다. 그때부터 쭉 지금까지
가족과 다름없는 교분을 이어왔다. 돌이켜 생각하면
나에게 또 하나의 누나 같은 존재이기도 하다.

　　아이가 바라는 바를 어디까지 해주는지가 육아의
첫걸음이라니. 우선 하면 안 되는 행동을 가르치기,
제대로 야단치기, 생활 규칙 알려주기 등 부모로서
엄하게 가르쳐야만 하는 것이 무엇인지만 생각하고
있었기에 놀랐다.

　　그녀의 말에 따르면 영유아 시절에 부모는
무엇보다도 아이의 마음을 만족하게 해주는 데 힘써야
한다. 그러면 과보호가 되지 않을까 혹은 버릇없는
아이가 되지 않을까 의아했지만, 과보호란 아이가
바라지 않는 곳까지 과도하게 부모가 해버리는 경우다.

마음이 충족되어 자란 아이는 결코 제멋대로 되지 않으니까 걱정 없다고 그녀는 말했다. 왜냐하면 마음이 부모의 애정으로 늘 채워져 있으면 절대로 아이가 필요 이상으로 바라는 일은 없어지기 때문이다. 또한 과보호에서 이어지는 것인데 부모의 자기만족과 아이의 피로움을 결코 맞바꾸어서는 안 된다고도 했다.

그 충고는 아버지 1년 차인 나의 육아와 훈육에 큰 힌트가 되었다.

바라는 것을 전부 해준다. 이것은 간단한 듯하면서 어려운 일이다. 육아는 24시간 근무제. 아이가 밤중에 안아달라고 하거나 바쁠 때 놀자고 하면 부모 관점에서는 졸리고 피곤하니까 안 된다고 말하고 싶다. 하지만 그 순간을 버티고 소망을 들어준다. 애정을 쏟는다. 또 하나 배운 점은 '피곤하니까' '바쁘니까' '나중에'라는 부모의 사정을 아이에게 절대로 말하지 말라는 것이다. 놀고 싶다고 하면 언제라도 놀아준다. 소망이 이루어지면 아이는 "이제 됐어"라고 스스로 말하는 법이다. 언제나 부모가 지켜보고 귀를 기울여주고 소망을 들어준다고 믿으면

아이는 안심해서 그만큼 부모의 손길이 들어가는 일을
덜 하게 된다.

그러므로 아이가 바라는 바를 전부 들어준다는,
언뜻 보기에 무척 큰일인 듯한 행위는 실제로 그렇게
성가시지 않다. 작은 아이의 바람이라고 해봐야
귀여운 것이 대부분이다. 또 그녀가 말하듯이 자기가
바라는 바가 늘 충족되는 아이는 제멋대로 되지 않고
언제나 온화하고 사람에 대한 배려심까지 갖게 된다.
내 딸을 보면 정말 그렇게 생각된다. 해서는 안 되는
것이 무엇인지도 순순히 이해하니까 신기한 일이다.
아무튼 아이가 바라는 것을 할 수 있는 한 해주고
애정을 듬뿍 쏟는다.

육아와 훈육에서 아주 중요한 것이 또 하나 있다.
부부가 사이좋게 지내는 것이다.
부모가 되어 육아와 훈육을 생각하려니 우선 나의
어린 시절이 어떠했는가, 부모님이 어떤 식으로 나에게
다가왔는가, 무엇을 해주었는가를 곰곰이 생각하게 된다.

어린 시절의 나에게 매우 기쁘고 안심되는 일은 무엇이었을까? 부모님이 사이좋게 지내는 모습을 보는 것이었다. 반면 무척 불안해지거나 무엇보다도 무서웠던 것은 부모님이 싸우거나 사이가 나쁜 상황이었다. 그렇게 생각하니 아이의 육아와 훈육에는 부부가 사이좋게 지내는 것, 그 모습을 보이는 것이 아주 중요하고 육아와 훈육의 토대와 같다고 느꼈다.

그래서 우리 부부는 각자 어린 시절이 어땠는지 이야기를 나누고 아이 앞에서는 되도록 사이좋게 지내도록 유념하자고 약속했다.

아이를 위해 또한 자신들을 위해서 싸우지 않고 평범하게 생활하기는 어렵지 않다. 하지만 의식적으로 사이좋게 지내려고 들면 서로 쑥스럽기도 하고 그리 간단하지 않았다. 즐겁게 대화하거나 늘 가까이 맞닿아 있으려고 했다. 웃는 얼굴을 잃지 않고 상대에 대한 배려를 잊지 않도록 노력했다.

지금 돌아보니 만약 부부가 이것만이라도 할 수 있다면 훌륭한 육아와 훈육이 된다고 생각한다.

좋은 아버지가 되려면 좋은 남편이 되자. 좋은

어머니가 되려면 좋은 아내가 되자. 이 말은 지금도
잊지 않는다.

이제 딸은 중학교 2학년이 되었다. 초등학생 시절을
지나자 아이의 성장은 부모의 손을 떠났다. 아이는
자신이 속한 사회에서 무럭무럭 자라난다. 배려, 친절,
예의, 감사하는 마음, 타인에 대한 위로 등은 가까운
어른을 보고 배워나간다. 아이란 태어나서부터 어른이
되기까지 늘 부모의 모습을 지켜본다. 그렇다고 해서
훌륭한 어른이 되자고 주장하는 건 무리다. 단 하나 내가
할 수 있는 실천은 말이 되풀이되지만 아내에게 좋은
남편이 되는 것이고, 그 노력을 쭉 계속해나가고 싶다.
요컨대 내 아이가 결혼이란, 부부란 멋진 것으로
생각하게 해주고 싶다.

이제 딸은 중학교 2학년이 되었다.
초등학생 시절을 지나자 아이의 성장은
부모의 손을 떠났다. 아이는 자신이 속한
사회에서 무럭무럭 자라난다.
배려, 친절, 예의, 감사하는 마음, 타인에 대한
위로 등은 가까운 어른을 보고 배워나간다.
아이란 태어나서부터 어른이 되기까지
늘 부모의 모습을 지켜본다. 그렇다고 해서
훌륭한 어른이 되자고 주장하는 건 무리다.
단 하나 내가 할 수 있는 실천은 아내에게
좋은 남편이 되는 것이고, 그 노력을
쭉 계속해나가고 싶다.
요컨대 내 아이가 결혼이란, 부부란
멋진 것으로 생각하게 해주고 싶다.

가정에서   소중한

두 가지

어느 자리에 있든지 언제나 연소자였던 자신이 어느덧
연장자가 되어 있음을 깨달았다. 주변에 나이 어린
친구가 꽤 늘어났다.

어느 날 그런 연하의 친구가 결혼하게 되어 결혼식
직전에 저녁 식사 모임을 하게 되었다. 맛있는 진수성찬을
먹으면서 행복해 보이는 두 사람을 보고 있으니 내가
결혼하던 시절을 회상하게 되었다. 가정을 만드는 것이
어떤 일인가를 고민하던 당시의 내 모습이 떠올랐다.

아마 누구든지 자신이 자란 가정을 하나의 모범으로
삼아 서로 하나하나 이해하고 부부에게 가장 기분 좋게
느껴지는 가정의 형태를 만들어갈 것이다.

가정이란 평안과 휴식의 장소이며 있는 그대로의
자신으로 있을 수 있는 장소라는 점이 중요하다. 그것을
부부가 쌓아나간다.

하지만 따스한 것만이 가정의 모습은 아니다.
자유롭게 있는 것만이 가정의 모습은 아니다. 가정에
또 하나 필요한 것은 가족이 어떤 가치관을 가지고
살아가는가 하는 이상을 함께 나누는 것이다.

가정에서 소중한 두 가지

나는 이것을 미국 샌프란시스코에서 하숙했던
가정에서 배웠다. 그 집은 지내기에 아주 편하고 자유로운
정신이 넘쳐흐르는 가운데 아이 셋이 튼튼하게 자라는
이상적인 가정이었다.

멋있다고 생각한 것은 가정에서 아버지와 어머니의
역할이 확실히 정해져 있는 점이었다.
가정에서의 결정권이 누구에게 있는가? 첫째는
아버지. 어머니는 두 번째. 그런 서열이 명확히 있었다.
가족 사이에서 의견이 엇갈리는 일이 종종 있다. 그런
경우에는 아버지가 결정을 내렸다. 의견이 엇갈리는
까닭은 늘 자유로이 발언할 수 있기 때문이다. 이것은
가정에서 무척 중요하다.

아버지가 '이것은 맡길게요' 하는 문제라면
어머니가 결정한다. 그것은 절대적이다. 흔히 가족
관계에서는 평등이 좋다고 하지만 나는 꼭 그렇다고는
생각하지 않는다. 가정이라는 배에서 누군가 선장이
되어 지도력을 발휘할 필요가 있다. 그리고 다시

그 리더십 아래에서 인간은 무엇을 위해 살아가는가,
어떤 방식으로 생활하는가, 허용되는 것과 허용되지
않는 것은 무엇인가 등 가족 전원이 인간으로서
어떤 가치관을 가지고 살아나갈지를 생각하는 것도
가정의 역할이다.

옛날에는 어느 가정에나 가훈이 있었다. 지금은
드물지 않을까? 우리 집의 신조는 무엇인가? 어떤
방식으로 생활하는가? 무엇을 중요하게 여기는가?
가정마다 갖가지 가훈이 있었다. 그저 가족 모두가
안심하고 편안해지는 것만이 아니라 가훈에 따라서
가치관을 쌓고 사회에서의 규칙이나 엄격함을
배우는 것도 가정의 역할이다.

내가 하숙했던 샌프란시스코의 가정은 가족이
안심하고 편안히 쉬는 장소였고 명확한 부부의 역할,
그리고 가훈에 따른 엄격함과 이상이 견실하게
세워져 있었다.
결국 가정에서 중요한 것은 두 가지다. 하나는

가족이 포근하게 쉴 수 있는 장소일 것. 또 하나는
가장의 리더십과 가훈에 따라 어떤 가치관을 가지고
살아가는가, 어떤 이상을 가지는가를 생각해나가야
한다는 것. 나는 앞으로 부부가 될 두 사람에게
그런 이야기를 했다.

아동정신과 의사 사사키 마사미佐々木正美 씨가
강연회에서 늘 말하듯이 가정을 갖는 행복이란 언제라도
누군가 집에서 자기를 기다려준다는 행복이기도 하다.
기다림을 받는 것도 기다리는 것도 자기 행복이라고
생각하는 곳이 가정이다. 그러므로 가족끼리
"어서 와요"라는 말에 마음을 담는 것이 중요하다고
이야기했다.
연하의 친구가 가정을 쌓기 시작해서 아주 기쁘다.
덕분에 가정이란 무엇인지, 가정에 필요한 것은
무엇인지 다시금 생각하게 되어 진심으로 감사했다.
덧붙여 우리 집에서 가훈을 생각했을 때,
맨 먼저 쓰기 시작한 것은 '언제나 누구에게나 밝게
인사한다'였다.

옛날에는 어느 가정에나 가훈이 있었다.

지금은 드물지 않을까?

우리 집의 신조는 무엇인가?

어떤 방식으로 생활하는가?

무엇을 중요하게 여기는가?

가정마다 갖가지 가훈이 있었다.

그저 가족 모두가 안심하고

편안해지는 것만이 아니라 가훈에 따라서

가치관을 쌓고 사회에서의 규칙이나

엄격함을 배우는 것도 가정의 역할이다.

사람은   아름다워지기
          위해

          살아간다

언젠가 다시 만날 수 있다면 하고 바라는 사람이
누구에게나 한둘은 있을 것이다.

내가 만나고 싶은 사람은 스무 살 때 일했던
직장에서 알게 된 나보다 한 살 많은 C 씨다. 외모에서
성격까지 청순가련이라는 말은 이 사람을 위해 있다고
생각할 만한 여성이었다. 그때 나는 C 씨에 대해서만
생각했다. C 씨는 당시의 나에게 너무나도 분에 넘치는
소망이고 먼 존재였다. 그 정도로 멋있었다.

아르바이트하는 처지였지만 나는 몸과 머리를
쉬지 않고 필사적으로 일했다. 누가 무엇을 찾고 있는지
감지하려고 온몸을 안테나로 만들어 직장의 누군가가
바빠 보이면 스스로 나서서 도왔고, 앞으로 무슨 일이
일어날지를 상상해서 준비와 대응을 게을리하지
않았으며, 인간관계에도 신경을 썼다. 하나를 들으면
열을 알고자 필요한 것은 철저히 공부했다.

아침에는 누구보다도 일찍 출근해 청소, 책상 닦기,
쓰레기 버리기, 물 끓여 커피 내리기까지 매일 했다.
직장 사람들이 출근하는 시간에는 문밖에서 비질하면서

전원에게 "안녕하세요"라고 인사했다. 그리고 마지막까지
직장에 남아 "수고하셨습니다"라고 인사하며 전원을
배웅했다.

잡일 담당으로 고용되었으니 잡일의 프로가 되자고
생각했다. 하지만 그 목적만으로 이렇게까지 분발했을
리는 없다.

C 씨에게 인정받고 싶다, C 씨에게 잘 보이고 싶다,
C 씨에게 칭찬받고 싶다는, 전부 C 씨에 대한 순수한
마음으로 일했던 것이 진실이다. 그것은 동경이나
꿈을 좇는 듯한 감정이었다. 업무는 잡일이라고 하지만
기본적으로 남이 하기 싫어하는 지저분한 것이나
몸을 쓰는 것, 귀찮은 것뿐이어서 나날이 힘들었다.
고되거나 괴로운 일이 있으면 그때 나는 C 씨의
얼굴을 떠올렸다.

직장 사람 전원이 나에게는 상사이므로 모두의
일을 하나에서 열까지 1년도 지나지 않아 자연히 익혔다.
그래서 갑자기 쉬는 사람이 생겨도 내가 있으면 그다지

곤란한 상황은 없었다. 지위로는 가장 아래였지만
스스로 늘 직장과 업무 전체를 객관적으로 바라보는
느낌이었다. 그것도 모두 C 씨를 위해, C 씨를 생각하고
있었기에 해낼 수 있었다. 지금 이렇게 돌이켜 생각하니
어른이 되고 나서의 첫사랑 같은 기분도 있다.
어떤 면에서 동기는 불순했는지도 모르지만 그런
첫사랑이 나에게는 사회에서 일한다는 것이 무엇인지를
가르쳐주었다는 생각마저 든다. 잡일 담당으로서
그 시절에 몸에 익힌 모든 경험과 훈련, 배움이
지금 나의 일을 떠받치고 있음은 말할 것도 없다.

  엊그제 어떤 지인의 도움으로 대략 20년 만에
C 씨와 재회할 수 있었다. 나는 만나기로 한 가게에
약속 30분 전에 도착해 계속 가게 앞에 서서 C 씨를
기다렸다. 누구보다도 빨리 목적지에 도착해서 기다린다.
그것이야말로 잡일 담당 시절의 습관이다. C 씨와
만날 수 있음을 알게 된 순간에 나는 그 시절의
자신으로 돌아갔다.

사람은 아름다워지기 위해 살아간다

151

C 씨는 약속 10분 전에 왔다. 그때 긴장했던 나는 직립 부동자세로 꼼짝할 수 없었다. 그리고 C 씨에게 양손으로 악수를 청했다. 그 정도가 고작이었다.

"더우니까 가게 안에서 기다리면 좋은데." C 씨는 어이없어 하며 미소 지었다.

옛날이야기는 끝이 없었고 순식간에 세 시간이 흘러 폐점 시간이 되어 그날은 이만 헤어지기로 했다.

"모습도, 느낌도 하나도 변하지 않았네요"라는 말을 들었지만 내가 보기에는 C 씨도 바뀐 구석이 조금도 없었다. 각자 가정이 있고 우연히도 동갑인 딸이 있고 나이에 걸맞게 몸은 쇠했어도 만나서 이야기하던 때는 서로가 그 시절의 자신으로 돌아갔기 때문이라고 생각한다. 신기하게도 아주 마음이 편안해지는 일이었다.

"이렇게 서로 나이는 먹었지만 변하지 않았다고 느끼는 것은 마음의 나이는 먹지 않았다는 뜻이려나. 그런데 마음이 나이를 먹는다는 것은 무엇일까요?"라고 내가 말하자 "틀림없이 여러 가지가 변했겠지만

눈동자의 빛이나 색은 바뀌지 않았다고 할까, 본래
자기 눈동자의 빛이나 색을 더욱 아름답게 갈고닦는
것이 마음의 나이를 먹는다는 것이 아닐까? 눈동자의
빛이나 색을 잃어가는 것은 아쉽게도 마음의 나이를
먹지 않았다는 것인지도 몰라요. 그건 사람으로서
성장하지 않았다는 것이죠. 나는 어땠는지 몰라도
그때 당신 눈동자는 무척 반짝거렸어요. 그리고
오늘 20년 만에 만나 변하지 않았다고 생각한 것은
당신 눈동자가 그때와 마찬가지로 깨끗해서이고
그건 제대로 마음의 나이를 먹었다는 거예요"라고
C 씨는 칭찬해주었다.

　　마음의 나이를 먹는다는 것은 자기 눈동자의
빛과 색을 더욱 깨끗하게 갈고닦는 것. 몸의 노화는
멈출 수 없지만 마음의 쇠퇴는 멈출 수 있다. 아무리
나이를 먹어도 마음이란 갈고닦을 수 있고 그것은
자기 눈동자에 나타난다.
　　나이를 먹는다, 또는 마음의 나이가 든다는 것은
한 살, 그리고 또 한 살 아름다워지는 것이다. 사람은

아름다워지기 위해 살아간다. 사람은 눈동자를
갈고닦기 위해 살아간다고 생각했다.

마음의 나이를 먹는다는 것은
자기 눈동자의 빛과 색을
더욱 깨끗하게 갈고닦는 것.
몸의 노화는 멈출 수 없지만
마음의 쇠퇴는 멈출 수 있다.
아무리 나이를 먹어도 마음이란
갈고닦을 수 있고
그것은 자기 눈동자에 나타난다.
나이를 먹는다, 또는 마음의 나이가
든다는 것은 한 살, 그리고 또 한 살
아름다워지는 것이다.
사람은 아름다워지기 위해 살아간다.
사람은 눈동자를 갈고닦기 위해 살아간다.

어머니와
나눈

마지막   대화

어제 어머니와 마지막 대화를 나누었다.

　일흔두 살인 어머니는 두 달 전에 후두암 선고를
받고 목에 생긴 폴립polyp, 외부·점막 등의 면에 줄기를 가지고
돌출되어 구·타원을 띤 종류腫瘤의 총칭. 용종이라고도 한다을 절제했다.
그러나 그것만으로는 완치에 이르지 않아서 성대와
후두를 전부 잘라내게 되었다. 수술 전전날 담당 의사에게
"이제부터는 당분간 맛있는 것을 먹을 수 없으니까
좋아하는 것만 먹어두세요"라는 말을 듣고 자택에 나와서
자기로 했다. 이날이 어머니와 마지막으로 대화하는
날이 된다고는 누구 하나 입에 담지 않았지만 낮부터
자연스럽게 탁자를 둘러싸고 가족이 모였다.

　"그럼, 맛있는 거 드셨어?"라고 묻자 어머니는
"여느 때와 똑같이. 그런 말 들었다고 갑자기 호사하면
속이 망가져요"라고 안쓰럽게 쉰 목소리로 말했다.
폴립과 함께 성대도 약간 잘라내서 평상시 목소리가
나오지 않는다.

　옆자리에 있던 여든두 살의 아버지는 텔레비전으로
골프 시합을 본다며 도중에 자기 방으로 들어가버렸다.
그때 아버지의 뒷모습은 쓸쓸하고 작아 보였다. 어머니의

어머니와 나눈 마지막 대화

병이 상당히 충격이었나 보다. 지금까지 본 적이 없는
아버지의 연약한 등이었다.

　잡담은 즐거웠다. 어머니는 자기 반생半生을 돌아보며
이것저것 즐거운 듯이 이야기했다. 돌아가신 할머니가
젊은 시절에 아주 예뻐서 남자들에게 너무 인기 있어
곤란했던 것, 아버지와 처음 만난 날의 일, 자식이
태어나기 전에 기르던 개 이야기, 자식들을 맡기고
떠났던 여행 등 이제까지 몰랐던 놀랄 만한 일이 많아서
무심결에 몸을 내밀고 들었다. 어머니라기보다
한 여성의 이야기로 듣고 있으니 무척 재미있었다.

　내가 아는 한 어머니는 병을 모르고 살았다. 감기로
몸져눕지도 않았고 일흔두 살까지 그야말로 입원 따위
해본 적이 없었다.

　아무튼 늘 건강한 사람이었다. 쉰 살부터 받기 시작한
교습 덕분에 노래가 부쩍부쩍 늘었고 노래자랑 대회에
출전하면 상금을 타서 돌아오곤 했다. 우승은 셀 수가
없고 끝내는 너무 지나치게 능숙해져서 더는 출전할 수
없게 되었다.

　어린 시절부터 어머니의 꿈은 가수가 되는 것이었다.

예순 살 때는 염원하던 CD를 스스로 제작해 자신의
꿈을 이루었다.

　"어젯밤에 누워서 내 노래를 녹음한 테이프를 듣고
있으니 역시 눈물이 나더라. 다시 노래할 수 없다고
생각하니까……"라며 눈을 비볐다. 사실 이때 어머니가
눈물을 흘리는 모습을 태어나서 처음 보았다. 무슨 일이
있어도 울지 않는 사람이었다. 어머니는 수건을 두 눈에
대고 소리 내어 실컷 울었다. 이토록 노래를 좋아했던
사람이 목소리를 낼 수 없게 되다니 얼마나 괴로울까
생각하니 나도 자꾸 눈물이 나와 어쩔 수가 없었다.

　"하지만 많은 사람에게 실컷 내 노래를 들려주었으니까
이제 됐어. 자기 입으로 말하기는 우습지만 그래도
내가 노래를 잘하는구나 하고 테이프를 들으면서
내심 생각했어. 괜찮아. 앞으로는 마음속으로 노래할
거니까……"라고 미소 지으며 눈물을 훔쳤다.
　"그래서 말인데." 어머니는 갑자기 내 눈을 지그시
바라보았다.

어머니와 나눈 마지막 대화

"우쭐해져서 밖에서 여자를 만들면 안 돼. 너 같은
사람은 주위에서 곧잘 추어올리겠지만 이것만은
잊으면 안 돼. 무슨 일이 있어도 여하튼 밖에서 여자는
만들지 말 것."

　이렇게 어머니는 나에게 설교를 시작했다.

　"있지, 알겠어? 진지한 이야기야"라며 못 견디게
내 허벅지를 찰싹찰싹 때렸다. "그리고 일을 하다보면
반드시 가까운 사람의 배신이 있겠지만 그것도 조심해.
배신당해도 괜찮도록 언제나 선수를 쳐두기. 그리고
배신은 절대 비난하지 말기. 배신 좀 당했다고 발버둥
치면 안. 알았어?"라며 또 허벅지를 찰싹찰싹 때렸다.
"이 두 가지를 마음에 새기고 분발하는 거야." 그렇게
말한 어머니는 마른 목을 축이려는 듯이 차를 마셨다.
이제 더는 남길 말이 없는 것처럼 시원한 표정이었다.

　아들에게 하는 최후의 설교가 절대 바람피우지 말고
남의 배신은 받아들이라는 두 가지인가 생각하니
우스웠다. 결국 어머니는 이 두 가지 일로 괴로웠을까?

틀림없이 그럴지도 모른다.

"지금은 웃을지 몰라도 언젠가 꼭 내 말이 생각날 때가 있을 테니까……."

어머니는 딴 쪽을 보고 중얼거리며 "이제 늦었으니 돌아가도 돼"라고 자기 마음대로 대화를 끝냈다.

돌아가기 직전에 어머니는 "이제 괜찮아. 고마워"라며 내 등에 손을 댔다. 나는 격려하러 왔다가 도리어 격려를 받은 기분이 되고 말았다.

"나는 아직도 하고 싶은 일이 많아서 바빠. 그러니까 빨리 나을 거야."

어머니는 그렇게 말하고 손을 흔들었다. "그럼, 안녕."

어머니와 나눈 마지막 대화는 웃게 해준 것 같은, 야단맞은 것 같은, 울게 만든 것 같은 한때였다. 무척 염려되었지만 마음은 평온했다.

이 원고를 쓰는 지금, 어머니는 병원에서 다섯 시간 예정으로 수술을 받고 있다.

"도마 위에 오른 생선인 셈 치려고"라며 웃던 어머니의 얼굴이 머릿속에서 떠나지 않는다.

어머니와 나눈 마지막 대화

어머니는 "이제 괜찮아. 고마워"라며
내 등에 손을 댔다.
나는 격려하러 왔다가 도리어 격려를 받은
기분이 되고 말았다.
"나는 아직도 하고 싶은 일이 많아서 바빠.
그러니까 빨리 나을 거야."
어머니는 그렇게 말하고 손을 흔들었다.
"그럼, 안녕."
어머니와 나눈 마지막 대화는
웃게 해준 것 같은, 야단맞은 것 같은,
울게 만든 것 같은 한때였다.
무척 염려되었지만 마음은 평온했다.

인생의 　등불이 되는

책

10대 시절에 그 세계로 자기가 쑥 빨려 들어가는 책과 마주칠 수 있으면 좋다. 그런 책은 크고 넓은 바다에 둥둥 떠 있는 자신을 구해주는 부낭이 될 것이다. 부낭은 많지 않아도 괜찮다. 하나면 된다. 부낭은 가라앉을 것 같은 나를 구해주는 것만이 아니라 도달해야 하는 바닷가까지 데려가줄 것이다. 용기를 쥐어짜 크고 넓은 바다에 뛰어들어 못 다했던 바닷가를 향한 수영에 나서야만 할 때가 누구에게나 있다. 그럴 때 부낭이 되어줄 책 한 권이 있다면 얼마나 마음 든든할까 하고 종종 생각한다.

나에게 그런 책은 『다카무라 고타로高村光太郎 시집』이다. 그 책을 만났을 때까지 나는 책이라고는 그다지 읽지 않던 아이였다. 그런 내가 『다카무라 고타로 시집』을 만난 것은 어느 백화점에서 열린 다카무라 고타로 전시회에서 우연히 보았던 단 한 줄의 구절 때문이었다. 그것은 '최저이자 최고의 길'이라고 쓰인 글이었다.

인생의 등불이 되는 책

그 구절을 본 나는 놀랐다. 최저와 최고. 언제라도 무엇이라도 최고가 아니면 안 된다. 그것이 당연한 가르침이었는데 그 말에 최저가 나란히 붙어 있는 것에 흥미를 느꼈다. 최저와 최고가 함께하다니 무엇일까 생각했다. 깊은 뜻은 몰랐지만 그 한 줄의 글이 마음을 사로잡았다.

백화점 갤러리 매점에 『다카무라 고타로 시집』이 있길래 손에 들고 차례를 넘기자 「최저이자 최고의 길」이라는 한 편의 시가 있었다. 읽어보았다. '이제 그만두리라……'라는 말로 시작해 마지막의 '최저이자 최고의 길을 가리라'까지 읽었을 때 눈앞이 확 밝아져 마음을 얽어매던 사슬이 풀린 듯한 기분이 되었다.

없는 돈을 털어 『다카무라 고타로 시집』을 샀다. 덕분에 돌아갈 차비가 없어졌지만 집까지 세 정거장을 걷기가 조금도 힘들지 않았다. 주머니 속에 『다카무라 고타로 시집』이 있으면 어디라도 걸어갈 수 있겠다고 생각했다. 지금 돌이켜 생각하면 열 살 될까 말까 했던 내가 잘도 그런 물건을 샀구나 하고 감탄한다.
조숙했다고 할지, 만화 이외에 처음 자기 용돈으로
샀던 책이 『다카무라 고타로 시집』이었다.

　나는 그 책을 탐하듯이 읽었다. 의미를 알 수 없는
시와 문장이 많았지만 여기에는 '진짜'가 있다고 강하게
느꼈다. 부모님이나 학교 선생님, 어른들이 답해주지
않는 자신이 모르는 것, 알고 싶은 것, 거짓이 아닌
진실이 여기에는 쓰여 있다고 생각했다. 그리고 다카무라
고타로의 시는 어느 것이나 슬펐다. 하지만 그 슬픔은
아름다움을 추구하는 마음의 깊이 때문임을 알았다.
괴로운 것, 슬픈 것, 힘든 것, 인간이 피할 수 없는 그런
모든 것이 아름다움으로 가는 길잡이임을 깨달았다.
다카무라 고타로의 문장은 전부 쉽고 다정했다. 사람은
모두 약하고 이상하지만 그렇기에 인간다운 것이라고
다카무라 고타로는 가르쳐주었다. 사람은 누구나 최저와
최고라는 양면을 가지고 있기에 사랑할 만한 존재이고
인생에서는 그 두 가지가 등불이 되어 길을 밝힌다고
가르쳐주었다.

『다카무라 고타로 시집』을 친구들에게 보여준 적이
없었다. 부모님도 내가 그 책을 읽고 있는 줄은
알았겠지만 간섭하지 않았다. 나에게는 비밀스러운
보물이었다.

나는 지금도 『다카무라 고타로 시집』을 읽는다.
어떤 시라도 읽으면 언제나 나다움으로 되돌아올 수
있기 때문이다. 어둠 속을 헤매던 길을 확 밝게 비춰주기
때문이다. 계속 읽다보니 벌써 30년이 넘었다. 몇 번이나
새로 샀는지 모른다. 마치 오래 사귀는 친구 같은 존재다.
소지품이 무언가 없더라도 이 책 한 권만 있으면 조금도
무서울 것이 없다. 나에게는 전부가 이 책에서 시작된
것이니까. 한 권의 책이 이렇게까지 한 사람에게 영향을
미친다니 정말로 감사한 마음이 그치지 않는다.

『다카무라 고타로 시집』이 전해준 것은 그뿐이
아니다. 이렇게 자기가 믿었던 것, 좋아한다고 생각했던
것을 언제까지나 같은 기분을 계속 느낌으로써 얻는
소소한 자신감이 있다. 무엇이 생겼다는 것은 아니지만

한 가지 가슴을 펴고 할 수 있는 말은 좋아하게 된 것, 소중히 여기고 싶었던 것에 대해 줄곧 지금까지 마음이 바뀌지 않았다는 사실이다. 아니, 바꾸는 일 따위 할 수 없지만 그런 스스로의 마음이 기쁘게 느껴진다.

그저 책 한 권이지만 오랫동안 계속 읽으면서 오늘보다 내일, 내일보다 모레 더욱 새로운 발견이 계속되는 나날이 정말로 행복하다. 사람과의 관계에서도 같은 이야기를 할 수 있을 것이다.

『다카무라 고타로 시집』이 나에게 전해준 가장 큰 것은 "당신에게 책이란 무엇입니까?"라고 질문 받았을 때 "책은 나에게 친구입니다"라고 무의식적으로 입에서 나오는 말이다. 그렇다. 책은 나에게 언제나 친구입니다.

자기가 믿었던 것, 좋아한다고 생각했던 것을
언제까지나 같은 기분을 계속 느낌으로써
얻는 소소한 자신감이 있다.
무엇이 생겼다는 것은 아니지만 한 가지
가슴을 펴고 할 수 있는 말은 좋아하게 된 것,
소중히 여기고 싶었던 것에 대해 줄곧
지금까지 마음이 바뀌지 않았다는 사실이다.
아니, 바꾸는 일 따위 할 수 없지만
그런 스스로의 마음이 기쁘게 느껴진다.

2
부

마음
어딘가의
풍경

마음에 간직된
사랑의 추억

안녕은   작은 목소리로

내가 처음으로 사랑했던 사람은 초등학교 방과 후에
다녔던 돌봄 교실의 T 선생님이었다. 선생님 나이는
스물 두셋쯤이었다. 긴 머리를 뒤로 묶고 눈동자가
유난히 맑은 사람이었다. 그리고 언제나 생글생글
웃으면서 우리가 아동관 놀이터에서 노는 모습을
지켜보아주었다.

아이니까 싸움도 하고 장난도 치고 다치기도 한다.
그럴 때도 선생님은 무슨 일이 있든 당황하지 않고
아이들 속으로 들어와 넘치는 상냥함으로 감싸 안듯이
한 사람 한 사람을 지켜주었다.

아이들이 말을 듣지 않아도 T 선생님은 전혀 화내는
일 없이 언제나 생글거렸다. 선생님이 큰 목소리를 내는
경우는 정말로 거의 없었다. 놀다가 휙 뒤를 돌아보면
멀리에서도 선생님이 이쪽을 보면서 미소 짓고 있었다.
아이들은 그런 선생님을 아주 좋아했다.

어느 날 나는 친구들과 말싸움하고 놀이터 구석에서
볼멘 얼굴로 움츠러들어 무릎을 싸안고 주저앉아 있었다.
그런 나를 발견한 T 선생님은 느릿느릿한 걸음걸이로

다가와 무언가 말하려 들지도 않고 내 옆에 똑같이
앉아서 노는 아이들을 물끄러미 보았다. 옆얼굴을 보니
그때도 T 선생님은 생글생글 웃고 있었다.

저녁이 되어 슬슬 돌봄 교실 시간이 끝에 가까워올 때
T 선생님은 나에게 이렇게 말했다. "자, 돌아갈까?"
내가 지면을 응시하면서 뾰로통하게 입 다물고 있으니
T 선생님은 앉아 있는 나를 뒤에서 껴안듯이 양팔을
두르고는 내 귀에 입을 가까이 대고 한 번 더 말했다.
"응, 돌아가자." 나는 T 선생님에게 안겨서 마음이
편안해서인지 갑자기 어리광을 부리고 싶은 기분이 들어
딴 데를 보면서 계속 잠자코 있었다. T 선생님에게서는
지금까지 맡아본 적이 없는 좋은 향기가 났다.

"돌아가고 싶지 않아?"
"……"
"내일 또 놀자."
"……"
T 선생님의 상냥함이 스며들어 가슴이 찡하고 아팠다.

마음 어딘가의 풍경

T 선생님은 "자, 선생님과 비밀 안녕을 하고 오늘은 돌아가자"라고 했다.

"비밀 안녕이 뭐예요?" 나는 T 선생님의 말에 가까스로 답했다.

"있잖아, 작은 목소리로 '안녕'이라고 하는 거야. 비밀이니까 아무한테도 들리지 않게 조그만 소리로 안녕을 말해."

앉아 있던 나를 일으킨 T 선생님은 정면으로 돌아와 무릎을 굽혀 얼굴 높이를 맞추고 나를 안으면서 귓전에 입을 가져와 "안, 녕"이라고 말했다. 목소리는 정말 작고 희미했다. 그 소리를 들었을 때 나는 몸속에 전기가 통한 듯이 떨렸다.

"선생님한테도 말해……"라며 T 선생님은 내 입에 귀를 가까이 댔다.

나는 될수록 작은 목소리로 말했다.

"안녕……."

"자, 돌아가자."

T 선생님은 내 손을 이끌고 놀이터를 나와 나를 집 쪽으로 걷게 했다. 가다가 뒤를 돌아보니 선생님은

손을 흔들어주었다. 선생님의 뒤로는 무척 아름다운
저녁노을이 펼쳐졌다. 조금 걷다 또 돌아보니 선생님은
생글생글 웃으면서 아직 나를 보고 있었다. 길모퉁이에
와서 다시 한 번 돌아보자 선생님은 "안녕"이라고
입을 움직였다. 나도 "안녕"이라고 입 모양으로 말하고
길을 걸어 돌아갔다.

　이날 나는 태어나 처음으로 사람을 사랑하면 가슴이
아파진다는 것을 알았다. 아홉 살 때였다.

　어른이 된 지금 나는 "안녕하세요" 인사는 자신
있지만 "안녕히 가세요"가 도무지 서툴러 늘 곤란해진다.
상대에 대한 마음이 클수록 "안녕히 가세요"라는 말이
나오지 않는다. 그럴 때면 반드시 T 선생님과의 일을
떠올린다. 그리고 "안녕은 작은 목소리로"라고
중얼거린다. 안녕은 작은 목소리로.

"비밀 안녕이 뭐예요?"

나는 선생님의 말에 가까스로 답했다.

"있잖아, 작은 목소리로 '안녕'이라고 하는 거야.

비밀이니까 아무한테도 들리지 않게

조그만 소리로 안녕을 말해."

앉아 있던 나를 일으킨 선생님은

정면으로 돌아와 무릎을 굽혀

얼굴 높이를 맞추고 나를 안으면서

귓전에 입을 가져와 "안, 녕"이라고 말했다.

목소리는 정말 작고 희미했다.

그 소리를 들었을 때 나는 몸속에

전기가 통한 듯이 떨렸다.

"선생님한테도 말해……"라며

선생님은 내 입에 귀를 가까이 댔다.

나는 될수록 작은 목소리로 말했다.

"안녕……."

안고 싶었던   등

"무슨 음식이 제일 좋아?"

어느 여름날 기치조지의 아르바이트 일터에서 알게 된 세 살 연상의 그녀로부터 갑자기 이런 질문을 받았다.

우연히 역까지 함께 돌아가게 되어 나란히 걷고 있을 때였다.

"카레라이스. 카레라면 매일 먹어도 좋아요."

이렇게 답하자 그녀는 깔깔 웃으며 "당근이나 감자가 우글우글 들어 있는 카레하고 타이 카레처럼 묽은 것하고 어느 쪽이 좋아?"라고 물었다.

"우글우글 들어 있는 카레!"

너비가 좁은 상점가 앞길에서 오는 차를 피하면서 답하자 그녀도 함께 차를 피하려다가 다리가 휘청거렸다. 그녀는 한순간 내 팔을 잡았다.

"미안. 여기는 좁아서 차가 오면 늘 위험해."

그녀는 겸연쩍은 듯이 중얼거렸다. 그녀의 손은 서늘했고 가느다란 손가락과 조금 기른 손톱의 감촉이 볕에 그을린 내 팔에 희미하게 남았다. 거기에서 역까지 가는 사이 우리 둘은 말이 없었다.

안고 싶었던 등

"어제 카레를 만들었어. 오늘 괜찮으면 먹으러 오지 않을래?"

카레 이야기를 했던 날의 사흘 뒤에 또다시 우연히 함께 돌아가는 길에 그녀가 말을 건넸다.

"'우글우글 들어 있는 카레!' 만들었어. 너무 많이 만들어버려서."

그녀는 알아듣기 어려울 만큼 작은 목소리로 평소보다 천천히 이야기했다.

"아, 또 차가 온다."

그녀가 이렇게 말하며 바싹 다가왔을 때 그녀의 몸이 닿아올 것을 은근히 기대하는 내가 있었다.

그녀는 아르바이트 일터의 사원으로, 솜씨 좋게 일을 척척 해치워서 동료들이 의지하고 높이 평가하는 존재였다. 성이 아니라 '가오리 씨'라고 이름으로 불리고 화장기는 없지만 언제나 단순하면서 고급스러워 보이는 옷을 맵시 있게 차려입은 세련된 사람이었다.

"미안해. 어질러져서……."

그녀의 아파트는 니시오기쿠보 역 가까이에

방 두 개와 식당 겸 주방이 있는 집이었다. 하얀 커튼에 하얀 카펫, 방에는 하얀 침대가 보였다. 방은 하나도 어질러지지 않았다. 탁자 위 작은 액자 속 사진을 보고 "아, 뉴욕에 갔었군요. 여기 센트럴 파크지요"라고 내가 말하자 "응, 2년 전에 갔었어. 야타로 군은 뉴욕에 살았지. 부럽다. 나도 살아보고 싶어"라고 그녀는 부엌에서 요리하면서 대답했다.

요리가 완성되기를 기다리는 동안 의자에 앉아서 그녀의 등을 멍하니 바라보았다. 그녀의 등은 어쩐지 힘이 쏙 빠져서 요염해 보였고 어깨선이 부드러워 아름다웠다. 아르바이트하는 곳에서 보던 등과는 전혀 달랐다. 그녀는 이때 처음으로 나를 성이 아니라 이름으로 불렀다.

"카레 금방 데우니까 기다려."

그녀는 냉장고에서 차가워진 재스민차를 꺼내 유리컵에 따라주었다. 카레는 참으로 맛있었다.

"오늘 카레는 우리 어머니가 만드는 방식이야. 뭐니 뭐니 해도 이런 카레가 제일 맛있어. 저기,

뉴욕 이야기 들려줘."

그녀는 이렇게 말하며 식후에 끓여 김이 오르는 차를
입에 머금었다.

뉴욕에 처음 도착한 날, 비에 흠뻑 젖어 여행 가방을
질질 끌면서 밤중까지 호텔을 찾아 헤맸던 일, 호텔에서
만난 사람들과 보낸 즐거웠던 나날, 유별나게 맛있는
아침 식당, 좋아하는 책방이나 벼룩시장 등을 회상하면서
그녀에게 들려주었다. 그리고 뉴욕에는 2주일 뒤에
돌아갈 예정이라는 이야기도 했다.

"좋겠다. 나도 함께 가고 싶어. 야타로 군처럼
좋아하는 것을 찾아서 뉴욕에서 살게 된다면
꿈같은 일이야."

그런 말로 넋을 빼앗는 그녀는 나를 과대평가하는 것
같았다. 나는 그런 멋진 남자가 아니고 뉴욕에 살았던
일 따위 하나도 좋을 것이 없다고 마음속으로 중얼거렸다.
무엇 하나 적응하지 못해 일본에서 도망친 장소가
마침 뉴욕이었다. 그뿐이었다. 외국과 일본을 왔다 갔다
하는 생활은 남이 보기에는 근사하겠지만, 사실 전혀

그렇지 않음을 내가 가장 잘 안다.

"싼 호텔이나 월세로 빌린 좁은 아파트에서 살기는
상당히 힘들어요. 게다가 내가 사는 헬스 키친이라는
지역은 위험해서 여자는 못 살아요."
    그렇게 말하자 "응, 한번 놀러 가도 돼?"라고 물으며
그녀의 몸과 얼굴이 바싹 다가왔다. 그녀의 눈동자는
나를 지그시 바라보았다. 그리고 다물고 있던 입술이
조금 열렸다. 나는 자연스럽게 입술을 포갰다. 한 번
떼고 나서 다시 포갤 때 그녀의 몸을 처음으로 만졌다.
야위었지만 부드럽고 따뜻했다. 그녀의 손에 내 손을
맞대 손가락을 쓰다듬었다. 그녀의 손은 그날과
마찬가지로 서늘했다.

"애인 있어?"
"응, 있어요."
"……그렇구나."
"가오리 씨는?"
"있어."

"……"

당시 애인이 없었던 나는 왠지 허세를 부려
거짓말했다.

"어떻게……할래?" 그녀는 물었다. 나는 침묵하다가
"돌아……갈게요"라고 대답했다.

지금 여기에서 그녀를 안았다가 환멸을 느낄까봐
두려웠다. 그때 스스로 전혀 자신감이 없었고 사람과
깊이 엮이다가 형편없는 나를 알리는 것이 싫었다.
그 시절에는 누구와 친해져도 거리를 좁히지 않으려
했다. 그녀에게 멋지거나 근사하게 여겨지는 나를
잃고 싶지 않았다.
"가오리 씨, 갈게요."
"그래……. 응, 알았어."
"미안해요……."
"사과하지 마. 오늘은 즐거웠어."
나는 현관으로 향해 문고리를 잡고 뒤를 돌아보았다.
그녀는 이쪽에 등을 돌리고 카레 그릇을 씻기 시작했다.

서로 무언가 말하려 했지만 수도꼭지에서 흐르는
물소리가 두 사람의 말을 가로막았다.

"또 보자. 조심해서 돌아가."
그녀의 등은 아르바이트하던 곳에서 보던 등으로
돌아갔다. 밖으로 나와 문을 닫을 때 그녀는
한순간이지만 내 쪽을 향해 살짝 손을 흔들었다.
여름밤의 바깥은 더웠다.

터벅터벅 걸어서 역에 도착하자 이미 막차는 떠났고
역은 전기가 꺼져 어두웠다. 택시비가 없었던 나는
그녀의 방으로 돌아갈까, 하고 잠시 선 채로 생각했다.
하지만 걸어서 돌아가기로 했다. 걸으면서 이따금
입술을 깨무니 그녀의 립글로스 맛이 남아 있었다.
돌아오는 길, 몇 번인가 발을 멈추고 그녀의 등을
생각하자 안고 싶은 기분이 점점 더해졌다.

다음 날 아르바이트 일터에 출근하니 그녀는
언제나처럼 일하고 있었다. 나와 그녀가 눈을 맞추는

안고 싶었던 등

일은 없었다. 그저 멀리에서 그녀의 등을 바라볼
뿐이었다.

　나는 2주일 뒤에 무언가로부터 도망치듯
일본을 떠났다. 스물세 살의 나는 최악인 자신과
늘 싸우고 있었다.

요리가 완성되기를 기다리는 동안
의자에 앉아서 그녀의 등을 멍하니
바라보았다. 그녀의 등은 어쩐지
힘이 쓱 빠져서 요염해 보였고
어깨선이 부드러워 아름다웠다.
아르바이트하는 곳에서 보던 등과는
전혀 달랐다. 그녀는 이때 처음으로
나를 성이 아니라 이름으로 불렀다.

뉴욕과   헤어진 날

그날은 여느 때보다 빨리 눈이 떠졌다. 창문 커튼을 손끝으로 조금 열고 보니 눈앞의 빌딩에 설치된 온도계 전광판이 8도를 표시했다. 4월의 뉴욕은 아직 추웠다.

어젯밤 귀국 준비를 마친 여행 가방과 더플 백duffle bag은 방구석에 아무렇게나 놓여 있었다. 화장실에서 얼굴을 씻고 나서 한 층에 두 군데 있는 공동 샤워실에서 뜨거운 물을 뒤집어썼다. 샤워실에선 처음에는 좀체 적응할 수 없었던 특이한 소독액 냄새가 지독하게 났지만, 어느덧 내 집 냄새를 맡듯 안심하게 되었다. 뉴욕에서 갖춘 몸단장 세트는 이제 쓸 일 없겠지 싶어 쓰레기통에 버렸다. 내용물이 남은 것은 필시 누군가 주워가겠지.

카펫 여기저기가 해진 복도를 무거운 발걸음으로 걸었다. 수동문이 달린 무서울 만큼 구식인 엘리베이터를 타고 L 버튼을 눌렀다. 뉴욕의 단골 숙소, 헬스 키친 지구에 있는 워싱턴 제퍼슨 호텔. 하룻밤 25달러. 샤워 공동. 텔레비전, 전화 없음.

로비에 내려와 프런트 담당 청년 보비에게 아침 인사를 하자 눈을 반짝이며 언제나처럼 웃는 얼굴을 보였다. 그의 웃는 얼굴이 정말로 아주 좋다. 일주일마다 내던 숙박료를 치르지 않고 일본으로 돌아간다고 말했다. 그러자 "왜 갑자기 돌아가?" "왜?"라고 보비는 놀라서 몇 번이나 물었다. "일이 있어서 급히 돌아가야만 해"라고 답하자 보비는 머리를 흔들고 슬픈 얼굴을 보이며 침묵했다.

　이전에 보비와 밤새도록 이야기를 나누던 때 "여기에서 만난 친구들은 언제나 어딘가로 돌아가고 말아"라던 말이 생각나서 가슴이 죄어드는 기분이 들었다. 이 도시에서 곤란했던 때 이것저것 친절하게 도와주었던 그의 슬픈 눈을 보기가 괴로웠다.
　무거운 공기가 떠도는 그 자리를 뜨고 싶었던 나는 "나중에 또……" 하고 호텔 코앞에 있는 단골 델리에 아침밥을 사러 갔다. 호텔을 나와 뒤를 돌아보니 보비가 나를 눈으로 뒤쫓고 있었다.
　델리의 주방에 있는 남자는 내 눈을 보고 "지금 바로 만들게"라고 눈인사를 건네며 재빨리 베이글 샌드위치를 만들었다. 그리고 우유를 조금 넣은 커피와

마음 어딘가의 풍경

192

함께 갈색 종이봉투에 담았다. 석 달 남짓한 시간 동안 매일 아침 같은 메뉴를 사러 왔더니 이렇게 아무런 말을 하지 않아도 원하는 아침밥을 만들어주게 되었다.

달걀, 베이컨, 치즈를 끼운 베이글과 커피를 들고 계산대로 간다. 2달러 95센트. 이렇게 싸고 맛있는 아침밥을 더는 먹을 수 없다고 생각하니 안타까워 견딜 수 없었다.

가게에 있는 식사용 카운터에서 종이봉투를 펼쳐 뉴욕 최후의 아침밥을 먹는다. 프렌치 로스팅 커피의 향기에 행복을 느낀다. 달걀 프라이와 바삭바삭한 베이컨, 녹은 치즈에 토마토케첩이 휘감겨 정말 맛있다. 이 가게의 카운터에서 많은 사람들과 알게 되고 이야기를 나누었다. 아침마다 모이는 얼굴은 거의 바뀌지 않았고 빈자리가 없으면 일찍부터 있었던 누군가 반드시 자리를 양보하는 식으로 교류가 있었다. 계급이 있다면 여기는 아마 최하 계급인 사람이 모여드는 장소일 것이다. 하지만 이렇게 상냥하고 따뜻한 장소가 또 있을까 하고 나는 몇 번이나 생각했다. 어느 사이엔가 가게에 자리 잡고 사는 길고양이가 히터 위에서 자고 있다.
손가락으로 목을 긁어주니 "야옹" 하고 울었다.

나가면서 계산대에 있는 남자에게 "저는 오늘
일본으로 돌아가요"라고 알렸다. 그러자 그는 당황하며
"왜? 오늘?"이라고 했다. "그래요. 오늘 돌아가요"라고
하자 그는 잠시 사이를 두었다가 "나를 잊지 말아줘.
그리고 또 아침밥 먹으러 와줘"라며 나를 끌어당겨
껴안았다. 몇 마디 말을 나누고 우리는 헤어졌다.
주방의 남자에게는 인사하지 않았다.

여기 뉴욕에서는 작은 친절이나 대수롭지 않은
커뮤니케이션이 사람들에게 살아가는 에너지가 된다.
흔히 말하는 차가운 도시라는 이미지는 전혀 느낀 적이
없었다. 제각기 품은 고독과 슬픔을 모두가 서로 나누고
하루하루를 필사적으로 살아가는 곳이 뉴욕이라고
생각했다.

나는 살짝 한숨을 쉬고 도로를 건너 호텔로 돌아왔다.
호텔 문에 손을 얹었을 때 문득 손으로 그린 호텔의
작은 간판을 보았다. 그러자 처음 이 호텔에 왔던 때가

생각나서 울 뻔했다.

잊을 수 없는 그날의 뉴욕. 지옥의 부엌이라고 불리는 이곳에 도착한 날의 일.

오래 머물러 정든 샌프란시스코를 떠나 뉴욕 JFK 공항에 도착한 때는 오후 일곱 시가 넘었다. 맨해튼까지 지하철로 갈까, 택시로 갈까 하고 터미널을 나와 갓길에서 우왕좌왕하고 있으니 머리에 터번을 두른 남자가 "혹시 괜찮으면 시내까지 태워줄게요. 20달러 어때요?"라고 말을 걸어왔다.

대답을 기다리지도 않고 그는 땅바닥에 놓여 있던 나의 큰 더플 백을 차 트렁크에 싣고 "자, 빨리"라고 재촉했다. 그가 말하는 영어가 너무 빨라서 대답을 주춤대던 나는 그가 운전하는 스테이션왜건에 탈 수밖에 없었고 "웨스트 48번 스트리트 9번 애비뉴 아메리칸 호텔로 가줘요"라고 알렸다. 그는 묵묵히 끄덕이고 차를 급발진해 공항을 떠났다.

차창에 이마를 대고 JFK 공항에서 맨해튼까지

프리웨이를 달리면서 흘러가는 풍경을 멍하니
바라보았다.

오래된 집 한 채가 불타고 있었다. 그러나 불을
끄려는 사람은 없고 집은 그냥 타들어 빨간 불길이
치솟았다. 라디오에서는 인도 가요가 흐르고 차 안에는
무언가 야릇한 향신료 냄새가 가득했다. 철로 만들어진
큰 다리를 건너 차는 마천루로 들어섰다.

"웨스트 48번 스트리트 9번 애비뉴의 무슨 호텔이죠?"
남자가 물었다. 라디오 소리가 커서 "아메리칸
호텔이요!"라고 큰 소리로 답하자 "그런 호텔은 들은
적이 없는데……"라고 했다.

웨스트 48번 스트리트 9번 애비뉴는 스트립쇼
극장이나 유흥업소가 늘어선 환락가다. 아메리칸 호텔은
공항 공중전화에 있던 전화번호부에서 찾아내 전화로
예약한 호텔이었다. 이쪽에서 용건을 말하자 전화를
받은 여성이 의욕 없는 목소리로 대답하다가 이야기
도중에 전화를 끊었다. 하룻밤 40달러라고 쓰여 있어서
수상쩍기도 했지만 우선 오늘은 거기에서 하룻밤 자고

내일부터 지내기 편한 호텔을 찾으면 되겠지 생각했다.

"이 근처 호텔은 전부 러브호텔이죠. 관광객이 묵는 호텔 따위 없어요." 남자가 말했다. 우선 차에서 내리기로 했다. "고마워요. 여기서 내릴게요." 20달러를 건네며 내리려고 하자 "20달러는 짐 값, 네 몫은 50달러. 합계로 70달러를 내." 남자는 눈을 부릅뜨며 으름장을 놓았다.

바깥에는 세찬 비가 내리기 시작했다. '아아, 속았다'라고 생각했다. 모르는 거리에서 옥신각신하기는 싫었다. 할 수 없이 70달러를 내자 "이래도 싼 거야"라며 남자는 떠났다. 미국 서해안에서는 헤어질 때 "좋은 하루"라든지 반드시 무언가 상대에게 마음 쓰는 말을 한마디씩 건네는데 뉴욕에서는 그런 것이 없나 하고 한숨을 쉬었다.

수상한 네온사인이 빛나는 보도에 놓인 더플 백은 비에 흠뻑 젖었다. 아메리칸 호텔은 어디일까? 나는 묵직한 더플 백을 질질 끌면서 걸었다. 47번 스트리트, 46번 스트리트로 걸어가도 아메리칸 호텔이라는 이름의 간판은 없고 거리의 분위기는 더욱더 번화하고 수상해졌다.

미국의 공중전화에는 반드시 전화번호부가 놓여 있다. 그것을 찾아서 다시 호텔에 전화해 장소를 확인하자고 생각했다. 그러나 공중전화는 찾아낼 수 있었지만 가장 중요한 전화번호부는 전부 누군가 가져가고 없었다. 시계를 보니 어느새 오후 아홉 시가 넘었다.

도시의 길바닥에서 잘 수는 없다. 나는 초조했다. 게다가 빈속이었다. 눈에 들어온 중국 패스트푸드 가게로 몸을 숨기듯이 들어갔다. 2달러 99센트짜리 볶음밥을 주문했다. 중국인 점원에게 캘리포니아 말씨 영어가 통해서 안심했다.

그것이 이 거리, 통칭 헬스 키친Hell's Kitchen, 지옥의 부엌에서의 첫 식사가 되었다. 될 대로 되라 생각하면서 볶음밥을 먹었다. 그런데 젊은 중국인 여자가 합석해도 되겠느냐고 말을 걸었다. 그녀는 사전 같은 몇 권의 책을 한쪽 팔에 끼고 있었다. 잠시 사이를 두고 나서 "그러세요"라고 답하자 그녀는 미소를 띠고 작은 소리로 "고마워"라며 내 머리에 손을 뻗어 젖은 머리카락을 손가락으로 만졌다.

"머리가 비에 젖었는데 괜찮아?"

마치 어머니가 자식을 걱정하듯이 그녀는 온몸이
흠뻑 젖은 나를 염려했다.

"고마워요. 괜찮습니다. 오늘 뉴욕에 도착했는데
예약했던 호텔을 찾지 못해서 이 근처를 돌아다니다가
비가 심해져서 들어왔어요."

"정말로, 괜찮아?"

그녀는 서투른 일본어로 말했다. 보니까 일본어
교재와 사전 등을 가지고 있었다.

"일본어를 공부하고 있어요?"

"네, 그렇습니다. 나는, 중국인. 일본어를 공부하고
있습니다."

수줍어하면서 그녀가 대답했다. 내 이름을 대며
"잘 부탁해요"라고 영어로 말하자 자기 이름은 린이라고
일본어로 말했다. 나이는 스물여덟 살. 이 가게에서
낮에 아르바이트하는데 오늘은 일본어 수업이 있어서
돌아가는 길에 식사하러 들른 참이라고 일본어로 열심히

이야기했다. 그리고 나를 보았을 때 젓가락 잡는 법을
보고 바로 일본인인 줄 알았다고 말했다.

　"일본어 잘하네요"라고 하자 "감사합니다"라며
그녀는 기쁜 얼굴을 보였다. 머리를 소년처럼 짧게 자른
그녀는 얼굴이 작고 가느다란 홑꺼풀 눈에 목이 길고
말랐다. 뉴욕에 도착하고부터 좋은 일이 하나도 없어서
웃을 일도 없었던 나는 뉴욕에서의 첫 식사가 그녀와
함께여서 살았다고 생각했다.

　"당신은 어디에서 묵는가, 오늘?"
　식후 커피를 마시면서 그녀가 걱정스러운 표정으로
물었다. 하지만 그 어색한 일본어가 우스워서 나는
무심코 웃어버렸다.

　"왜 웃나?" 그녀는 눈을 치켜떴다.
　"미안 미안, 아 오늘은 일단 어딘가 묵을 수 있는
호텔을 이제부터 찾아야죠."
　그러자 그녀는 영어로 "이런 시간에 이 근처를
얼쩡얼쩡 다니면 위험해. 오늘은 우선 우리 집에서 자고
내일 호텔을 찾으면 돼"라고 이때도 마치 어머니 같은
어조로 말했다. 그러기는 조금 염치없다고 내가 사양하자

마음 어딘가의 풍경

"그러면 된다, 그러면 된다"라고 일본어를 되풀이했다.

가게 밖으로 나오자 비는 폭풍우로 바뀌어 있었다. 스트립쇼 극장과 야릇한 가게의 네온사인만이 휘황찬란하게 빛났다. 비 탓인지 거리에 인기척이 없고 고약한 하수구 냄새가 풍겼다.

"나를 따라와, 빨리!" 그녀는 주저 없이 빗속을 달렸다. 나도 묵직한 더플 백을 어깨에 메고 폭풍우 치는 밤의 뉴욕을 달렸다. 자포자기해서 그녀가 하라는 대로 달리다보니 왠지 우스워서 웃음이 멈추지 않았다. 가끔 뒤를 돌아보던 그녀도 웃고 있었다.

달리면서 기쁨이 솟아올랐다.

린의 아파트는 헬스 키친에 있었다.

헬스 키친은 맨해튼의 서쪽, 허드슨강과 8번 애비뉴 사이, 웨스트 34번 스트리트에서 웨스트 59번 스트리트 부근의 지역을 말한다. 뉴욕에서 가장 치안이 나쁘다고 알려졌지만 반면에 옛날의 좋았던 뉴욕 풍경이 남아 있는 지역이기도 했다.

1층에 과일 가게가 있는 건물 6층이 린의 방이었다.
린은 방에 들어가자마자 내 존재를 잊은 것처럼
현관 앞에서 비에 젖은 옷을 벗고 속옷 바람이 되어
욕실로 뛰어갔다. 그리고 욕실에서 큰 소리로
나에게 외쳤다.

"미안, 조금 기다려. 지금 바로 따뜻한 샤워하게
해줄 테니까."

나는 젖은 채로 방에 들어갈 수 없어서 현관에
놓여 있던 의자에 앉았다. 바닥에 아무렇게나 벗어
던져진 바지와 스웨터를 물끄러미 바라보며 린을
기다렸다.

뜨거운 샤워는 여행의 피로를 흘려보내주었다. 린의
방은 침실 하나에 부엌 겸 식당이 딸린 작은 집이었다.
샤워를 마치고 나오자 낡은 스웨트 셔츠sweat shirt와
파자마 바지가 놓여 있었다.

"고마워"라고 말을 건네자 "그건 크기가 낙낙하니까
괜찮으면 갈아입어"라고 침실에서 대답이 들렸다.

"내일 바로 근처 호텔을 소개할게. 값도 싸고 아는

사람이 일하고 있으니까 틀림없이 괜찮아."

린은 그렇게 말하고 부엌에서 따뜻한 차를
끓여주었다.

"오늘은 일찍 쉬어. 나도 피곤해서 잘 거야. 음,
그러면 내가 바닥에서 잘 테니까 당신은 내 침대에서
자면 돼."

린은 솜씨 좋게 쿠션 따위를 바닥에 놓아 자기
잠자리를 만들고 담요에 휩싸여 "안녕히 주무세요"라고
일본어로 말했다.

나는 잠자코 베개에 내 수건을 깔고 침대로
기어들었다. 침대는 청결해서 기분이 좋았다.

"오늘은 고마워" 하고 불을 끄자 "천만의
말씀입니다"라고 린은 답했다. 그녀와의 사이에
조금이나마 무언가를 기대했던 나였지만 그 밤은
아무 일도 없었다. 그보다도 내가 지쳐서 바로
정신없이 곯아떨어졌다.

다음 날 햇살에 눈이 부셔 잠을 깼다. 린의 방에는
커튼 같은 것이 없었다. 둘러보니 아침 햇살이

방 구석구석까지 골고루 환하게 퍼졌다. 린은 벌써
일어나 식당에서 텔레비전을 보고 있었다.

"안녕."

"안녕. 잘 잤어? 어머, 머리가 엄청나게 되었네.
아하하."

린은 잠버릇 때문에 헝클어진 내 머리칼을 보고
웃었다.

"차 마실래? 아니면 커피가 좋아?"

"차가 좋아. 고마워."

린은 속옷에 플란넬 셔츠를 걸쳐 입었을 뿐이라
아래로 맨다리가 보였다. 하지만 전혀 야해 보이지는
않았다. 그녀에게 부끄러움이 없는가 하면 그건
아니겠지만 형편에 따라 조금 맨몸을 보이거나
바로 옆에 모르는 남자가 자는 것쯤은 명랑한 성격으로
태연하게 아무래도 좋다고 할 것 같았다. '이런 사람
좋구나' 하고 나는 차를 홀짝홀짝 마시면서 생각했다.
린을 보았더니 탁자에 다리를 얹고 일본어 교과서를
읽으면서 무언가 메모를 적고 있었다. 귀 모양이
무척 아름다웠다.

아침 열 시 넘어 우리는 집을 나와 그녀가
소개해준다는 호텔로 향했다. 웨스트 51번 스트리트의
'워싱턴 제퍼슨 호텔'까지는 걸어서 5분도 걸리지 않았다.
호텔이라기보다는 옛날 그대로의 아파트 같은 모습에
작은 간판이 없다면 정녕 아무도 여기를 호텔이라고
생각하지 않을 것이다.

"보비, 안녕. 손님을 데려왔어. 이 호텔에서 가장
고급에 가장 저렴한 방을 부탁해."

"린, 안녕. 우리 호텔은 어느 때고 가장 고급에
가장 저렴해. 보비라고 합니다. 잘 왔어요."

보비라는 이름의 청년은 나에게 악수를 청했다.
나도 이름을 대고 악수했다. 그 손의 온기에서 그가
신용할 수 있는 사람임이 느껴졌다.

"뭐, 우선 비어 있는 방에서 쉬다가 혹시 다른 방이
좋으면 그쪽으로 옮겨도 돼요."

그렇게 말하며 보비는 열쇠를 건네주었다. 일주일
분의 숙박비를 미리 치르고 싶다고 하자 전자계산기를
두드려 틀림없이 서로에게 좋은 가격이라고 말하면서
계산기 화면을 보였다. 가격은 175달러였다. 나는

수긍하고 숙박료를 지급하려 했다. 그때였다. 지갑이
있어야 할 곳에 없음을 알아차렸다.

당황한 나를 보고 린이 물었다. "무슨 일이야?"
"지갑이 없어"라고 말하자 "정말? 어제 어딘가에서
떨어뜨린 거 아냐? 아니면 내 방인가? 내가 보고
올게"라고 했다. "당황하지 않아도 괜찮아요. 거기
소파에 앉아서 기다리면 돼요." 보비는 그렇게 말하며
나를 달랬다.

30분쯤 지나서 린이 돌아왔다.
"지갑은 어디에도 없었어. 어젯밤 달릴 때
떨어뜨렸는지도 몰라. 하지만 떨어뜨렸다면 이미 틀렸어.
여기는 뉴욕이니까."

더플 백 안을 아무리 뒤져도 지갑은 없었다. 나는
어젯밤 린의 방 탁자에 지갑을 놓았던 장면을 선명히
기억했다.

"여권이 있으면 묵게 해줄게요. 숙박료는 체크아웃 때
내도 괜찮아요." 보비는 그렇게 말하며 나를 안심시켰다.
린은 "괜찮아?"라며 내 어깨에 손을 얹고 걱정스러운

얼굴을 보였다. "어젯밤 당신 방 탁자에 두었어." 그렇게
말하자 "잘 찾아보았지만 없었어"라고 린은 대답했다.

"샌프란시스코에 친구들이 있으니까 연락해서
돈은 어떻게 될 거예요. 그때까지 계산은 기다려줘요.
고마워요."

그렇게 말하자 보비는 끄덕이며 미소 지었다.
린은 "미안, 나 수업이 있어서, 또 봐" 하고 부리나케
호텔에서 나갔다.

나는 "후" 하고 숨을 한 번 쉬었다.
"도넛이라도 먹을래?"
보비는 설탕을 잔뜩 뿌린 도넛을 주었다.
"어제 린 집에서 묵었어? 린은 좋은 애지만 이상한
버릇이 있어. 지갑은 그녀에게 주었다고 생각하고
포기해."

보비는 나에게 이렇게 말하며 윙크했다.
"지갑에 1,000달러 넘는 현금이 들어 있었어"라고
하자 "그건 큰일이네. 그래도 그녀에게 준 셈 치고
포기해. 여기 뉴욕에서는 무슨 일이 있든지 전부 자기

책임이라고 생각하지 않으면 살아갈 수 없어. 차갑게
들릴지도 모르지만 지갑을 눈에 보이는 곳에 둔
네가 나빴고 린은 전혀 잘못이 없어. 자기 것은 자기가
지켜야만 해"라고 했다.

　　보비에게 그런 말을 들으니 순순히 포기할 수
있겠다는 기분이 들었다. 뉴욕 첫날밤의 세례라고
체념했다.

　　그래도 그날 밤 아무래도 신경 쓰여서 린의
아파트에 가보았지만 방에는 불이 꺼져 있었다.
그로부터 린을 만나는 일은 다시 없었다. 나는 린과의
일을 잊기로 했지만 이따금 모양이 예쁜 그녀의
귀를 떠올렸다.
　　처음 일주일 동안, 보비는 내 숙박료를 반값에
해주었다. 이 일은 둘만의 비밀로 누구에게도
이야기하지 말라고 보비는 말했다.
　　그렇게 해서 뉴욕의 단골 숙소와 첫 친구가 생겼다.

가게에 있는 식사용 카운터에서
종이봉투를 펼쳐 뉴욕 최후의 아침밥을
먹는다. 프렌치 로스팅 커피의 향기에
행복을 느낀다. 달걀 프라이와 바삭바삭한
베이컨, 녹은 치즈에 토마토케첩이 휘감겨
정말 맛있다. 이 가게의 카운터에서
많은 사람들과 알게 되고 이야기를 나누었다.
아침마다 모이는 얼굴은 거의 바뀌지 않았고
빈자리가 없으면 일찍부터 있었던 누군가
반드시 자리를 양보하는 식으로 교류가 있었다.
계급이 있다면 여기는 아마 최하 계급인
사람이 모여드는 장소일 것이다.
하지만 이렇게 상냥하고 따뜻한 장소가
또 있을까 하고 나는 몇 번이나 생각했다.

Best Bread Selection Order One Day Or More

좋아하는　　사람의
　　　　　　냄새

어느 여름날 연인과 파리로 여행을 떠났다.

2주 일정이었지만, 나와 그녀는 따로따로 볼일이
있어서 처음 이틀은 파리의 호텔에서 함께 지내고,
그 뒤에 그녀만 마르세유로 떠나 일주일 동안 업무를
마치고 다시 파리로 돌아올 예정이었다. 2주간
여행이라지만 둘이서 보낸 기간은 왕복 이동 시간과
닷새뿐이었다.

내 용무는 파리에 사는 지인과의 협의가 다였다.
우리는 단골 숙소로 삼은 파리 6구 뤽상부르 공원 근처,
1층에 레스토랑이 딸린 호텔에 체크인했다.

방에는 넓은 침실과 작은 부엌이 있고 길을 향해 난
큰 나무틀 창을 열면 뤽상부르 공원의 여름 녹음이
아름답게 펼쳐졌다.

다음 날 아침, 가까운 빵집에서 샌드위치를 사다가
아래층 레스토랑에서 내려준 커피포트를 방 탁자에
놓고 아침 식사를 하면서 파리에 대한 서로의 관심사를
이야기했다. 그녀는 파리 시내에서도 아직 거닐어본
적이 없는, 인도 등 특정 민족 사람들이 사는

오베르캄프Oberkampf라는 거리를 며칠이 걸리든 산책하고
싶다고 했다.

　나는 고서古書를 좋아하는 친구와 만나 고서를
찾아다니는 것이 낙이었다. 결국 둘이서 여행을 하지만
낮의 대부분 시간은 개별 행동을 하는 것이 우리에게는
자연스러웠다. 2년 남짓 연인으로 사귀어온 우리는
신혼부부처럼 관광하러 나다니지도 않고 처음부터
정해진 여행 계획이 하나도 없었다.
　아침 식사를 함께한다. 점심은 따로 괜찮다.
저녁 여섯 시쯤에는 어딘가에서 합류해 저녁 식사를
한다. 그것도 만약 서로 일정이 맞을 경우다. 우리는
휴대전화로 연락해서 만남이나 귀가 시간을 서로 알렸다.
그것이 나와 그녀의 약속이랄까 여행 방식이었다.
그리고 또 하나 중요한 것은 밤에는 함께 잔다는 것이다.
혹시 싸워도 이것만큼은 반드시 지키자고 약속했다.
　결국 두 사람이 농밀하게 함께할 때는 밤에 잠자리에
들고 나서의 시간과 그 연장이라고 할 수 있는 아침 식사
시간뿐이었다. 도쿄에서는 바빠서 좀처럼 그렇게 할 수

없기에 하나의 여행 목적이기도 했다.

낮에 누구에게도 거리낌 없이 자기답게 여행을
충분히 만끽하고 그렇게 얻은 만족을 듬뿍 안은 채
조용하고 따뜻한 밤을 둘이서 보낸다. 그날 있었던
이런저런 일은 밤이 아니라 다음 날 아침 식사 때
이러쿵저러쿵 이야기했다.

"어떻게 자는 것이 좋아?"
언젠가 그녀가 침대에서 이렇게 물었다.
"어떻기는 그냥 보통으로인데⋯⋯."
"아니, 달라. 잠자리를 가진 후에 달라붙어 자고
싶은지, 떨어져 자고 싶은지⋯⋯⋯."
"으음⋯⋯."
나는 대답이 막히고 말았다.
"나는⋯⋯ 달라붙어 있고 싶지만 계속 그러면
조금 어깨가 결리니까 상대를 신경 쓰지 않고 떨어져서
느긋하게 자고 싶은 기분도 있어. 그래도 처음부터
등을 돌리고 자는 건 싫을지도⋯⋯."
"응, 그러네. 나도 마찬가지야."

"그럼, 처음에는 붙어 있다가 그렇게 잠들어버리면 괜찮지만 자연스럽게 떨어졌을 때는 알아차린 쪽이 손만이라도 잡기로 하지 않을래? 난 떨어져서 자도 손은 잡고 있으면 좋겠어."

그 이후로 일상에서도 여행지에서도 우리는 사랑을 나눈 다음 잠시 껴안고 있다가도 왠지 서로가 이제 잘까 싶을 때 어느 쪽부터라 할 것 없이 몸을 떼고 상대의 손을 찾아서 잡고 잠들게 되었다. 잠들어버려 손을 놓아도 어느 쪽이든 알아차리면 다시 잡는다. 손만 잡고 있으면 어떤 모습으로 자든 좋은 것이다.

아침에 눈을 떴을 때 스스로 손을 다시 잡거나 상대가 자기 손을 찾아주거나 하는 기쁨에 작은 행복을 느낀다.

파리에서도 그런 식으로 밤을 보냈던 우리는 그녀의 볼일 때문에 사흘째부터 각자 홀로 자게 되었다.

그녀의 냄새가 남은 침대에서 자느라 어쩐지 강하게 외로움을 느꼈지만 잔향이 스며든 베개와 시트에 얼굴을 묻은 채로 자다보니 손을 잡고 있는 듯한 기분이 들어 기뻤다.

그때 든 생각인데 좋아하는 사람의 냄새는 함께
있을 때보다 떨어져 있을 때 더 잘 알게 되고 어떤 면에서
깊게 음미할 수 있다. 온기가 식은 냄새가 훨씬 달콤하다.

일주일 뒤 마르세유에서 돌아온 그녀와 보낸 밤.
그 냄새를 이야기하자 그녀는 쑥스러운 듯이 미소 지으며
이렇게 답했다.

"우리 집에서 자고 돌아간 다음에 언제나 같은
생각을 했어. 무엇이든 좋으니까 냄새가 묻은 것을 남겨
놓아주면 좋겠다고. 하지만 그 역시 엄청 쓸쓸한 기분이
들어서 미묘하지만……."

열린 창에서 살랑거리며 불어오는 여름 밤바람을
쐬면서 침대로 기어든 나와 그녀는 서로의 베개 냄새를
맡기도 하면서 장난쳤다.

파리의 마지막 아침, 나와 그녀는 일찍 눈을 떴다.
그래도 좀체 침대에서 일어나지 못하고 알몸인 채로
손을 잡고 둘이서 보낸 밤의 여운에 잠겨 있었다. 나는
그녀를 끌어당겨 그녀의 팔에 얼굴을 묻으며 눈을 감고

냄새를 맡았다.

좋아하는 사람의 냄새는 왜 이토록 쓸쓸하면서도 넋을 잃을 만큼 좋은 기분이 드는 것일까.

우리는 아침 식사 시간을 잊고 언제까지나 그렇게 있었다. 파리의 마지막 아침은 비가 촉촉이 내렸다.

사람의 냄새는 함께 있을 때보다
떨어져 있을 때 더 잘 알게 되고
깊게 음미할 수 있다.
온기가 식은 냄새가 훨씬 달콤하다.
좋아하는 사람의 냄새는 왜 이토록
쓸쓸하면서도 넋을 잃을 만큼
좋은 기분이 드는 것일까.

한 달에

한 번만　만나는
　　　　사람

한 달에 한 번만 만나는 사람이 있다. 그 사람과 내가
사랑을 하고 있을 리는 없다. 아니, 만났던 무렵에는
어렴풋한 연심을 품었는지도 모른다. 그러나 한 달에
한 번 만나게 되어 1년이 지나려 하는 지금, 나도 그녀도
상대에게 무언가를 바라지 않고 상대에 대해 특별히
깊이 알려 하는 일도 없이 그저 만남만을 이어간다.

　알게 된 것은 3년 전. 반년에 한 번 정도 가끔 만나
잡담할 뿐인 사이였다. 그러던 어느 날 "한 달에 한 번
꼭 만나는 건 어때?"라고 그녀가 말해 나는 아무것도
생각하지 않고 고개를 끄덕였다. 그녀는 미소 지으며
"대강 매달 초로 해둘까? 어쩐지 재미있네"라고 했다.
　약속 방법은 그 적당한 때가 되면 아무튼 어느
한쪽이 전화해서 장소와 시간을 묻는 식으로 되었다.
장소는 인적이 드문 변두리 카페가 많고 시간은
저녁 여섯 시쯤으로 정했다.
　"못 오게 되면 그냥 그대로 괜찮아."
　몇 번 그렇게 서로 말했지만 시간에 늦는 일은
있어도 어느 한쪽이 오지 못한 적은 없다. 언제나

그녀가 먼저 도착했다.

처음 무렵은 만나면 서로 근황을 듣거나 하는
시시한 잡담으로 끝났다. 만나는 시간은 대체로 한 시간
반 정도. 요즘은 만나도 거의 말하지 않고 그저 함께
있을 뿐이다. 그것은 뭐랄까 오랜만에 만난 남매 같은
관계에 가까울지도 모른다. 사이는 좋지만 상대에 대해
그렇게 파고들지 않는 것 같은. 그것은 나름대로
기분 좋은 거리감이었다고 생각한다. 멍하니 있으면서
아무것도 이야기하지 않아도 허전하지 않고 어떤
시간을 함께 보내고 있을 뿐이지만 따스한 한때.
이상한 느낌이었다.

"안녕." "잘 지내?" "응, 잘 지내." "그래. 다행이다."
이렇게 주고받은 다음에는 아무 말도 하지 않고 멀거니
앉아 커피나 홍차를 마신다. 그리고 "슬슬 돌아갈까."
"응." "그럼 또." "응, 조심해" 하고 헤어진다.

그런 교제이지만 만나고 돌아가는 길에는

'만나서 좋았다' '고마워' 이런 생각이 반드시 솟아난다.
그다지 할 이야기도 없고 아무것도 하지 않고 단지
만날 뿐인 관계이지만 어쩐지 다음 약속이 기대된다.

우리는 왜 만남을 이어가고 있을까? 얼마 전에
문득 생각한 적이 있다. 그렇지만 답은 찾을 수 없었다.
그런 건 아무래도 좋다. 말로 할 수 없는 마음이나
생각은 얼마든지 있다. 답을 찾아낼 필요가 없는 것도
있다. 그렇게 자신에게 타이르면서 그 뒤로는 생각하지
않게 되었다. 그녀가 어떻게 생각하는지는 모르지만.

어느 날 만나기로 한 카페에 가자 언제나처럼
그녀가 먼저 와 있었다. 말을 건네자 고개만 끄덕이던
그날의 그녀는 조금 침울했다. 나는 커피를 마시면서
그녀의 옆얼굴을 쳐다보고 있었다. 그녀는 창밖 풍경을
물끄러미 바라보았다. 밖에 무엇이 보일 리도 없고
해 질 녘 거리 풍경과 길 가는 사람들의 모습뿐이었다.
"저기." 그녀가 입을 뗐다. 회사에 남겨둔 일을 생각하던
나는 허를 찔려 "응?"이라고 되물었다.
"저, 오늘 어디 가지 않을래?"

그녀는 창밖에 눈길을 둔 채로 말했다.

"좋아."

조금도 고민하지 않고 그렇게 대답한 자신에게
놀랐다. 하지만 두 사람에게는 당연한 일이었다.
그때 확실히 알았지만 "어디에? 지금부터?"라고 되묻지
않고 바로 "좋아"라고 답할 수 있는 사이가 나와 그녀의
관계였다. 그런 사이로 남기를 두 사람은 바라고 있었다.

웃옷을 들고 자리에서 일어나자 그녀도 그렇게 했다.
밖에 나오니 유난히 차가운 겨울바람이 불었다.
우리는 나란히 걸었다.

터미널로 들어가 "바다, 산, 어느 쪽?"이라고 묻자
"산"이라고 그녀는 작은 소리로 대답했다. "산 종점까지
가볼까?"라고 하자 "응"이라고 그녀는 답했다. 우리는
산을 향하는 전차에 올라탔다.

두 시간쯤 전차에서 흔들리고 있자니 어느 사이에
승객이 우리 둘밖에 없었다. 앞으로 두 정거장이면
종점인 곳이었다. 전차에 타고 있는 동안 그녀는
아무 말도 하지 않았다. 나는 여느 때처럼 멍하니 있을

뿐이었다.

"아아, 재밌었어. 슬슬 돌아갈까?"

전차가 종점에 도착하자 그녀가 이렇게 말했다.
그녀의 눈을 보니 실컷 울고 나서 후련해진 듯한
눈빛이었다. "응." 나는 말했다. 바깥 공기가 차가워서
얼굴이 굳어졌다. 무심히 서로 얼굴을 마주 보다가
나와 그녀의 눈이 한순간이지만 딱 맞아 두근두근했다.
두 사람 사이에 깊은 유대 같은 것을 느꼈다.
영화에서라면 이럴 때 틀림없이 서로 껴안거나 하겠지
싶어 조금 쑥스러웠다.

우리는 반대쪽 플랫폼에 서 있던 전차에 올라타
출발을 기다렸다. 자리에 앉자 "아, 추워 추워,
손 좀 빌려줘"라며 그녀는 내 한쪽 손을 끌어당겨
자기 코트 속에 넣었다.

"사람 손은 역시 따뜻하네."

그녀가 그렇게 말하며 가만히 눈을 감자 조용히
전차가 움직이기 시작했다.

우리는 흔들리면서 도시로 돌아가고 있었다.

그다지 할 이야기도 없고 아무것도
하지 않고 단지 만날 뿐인 관계이지만
어쩐지 다음 약속이 기대된다.
우리는 왜 만남을 이어가고 있을까?
얼마 전에 문득 생각한 적이 있다.
그렇지만 답은 찾을 수 없었다.
그런 건 아무래도 좋다. 말로 할 수 없는
마음이나 생각은 얼마든지 있다.
답을 찾아낼 필요가 없는 것도 있다.
그렇게 자신에게 타이르면서
그 뒤로는 생각하지 않게 되었다.
그녀가 어떻게 생각하는지는 모르지만.